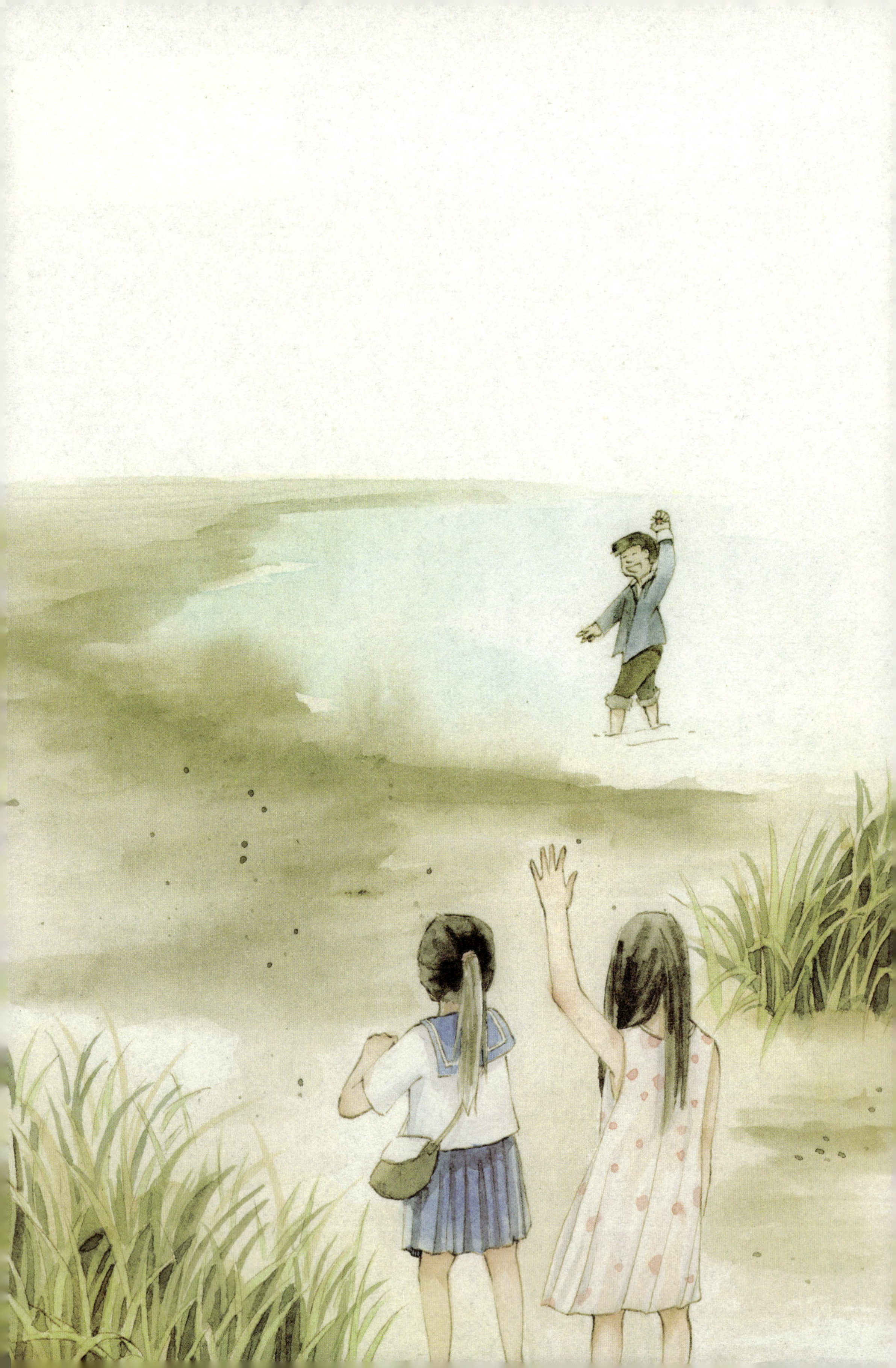

水流轻轻

谢倩霓 著

名师导读美绘版

施民贵 导读

长江出版传媒
长江文艺出版社

图书在版编目（CIP）数据

水流轻轻 / 谢倩霓著. -- 武汉：长江文艺出版社，
2018.9
（暖心美读书：名师导读美绘版）

ISBN 978-7-5702-0371-0

Ⅰ. ①水… Ⅱ. ①谢… Ⅲ. ①短篇小说－小说集－中国－当代 Ⅳ. ①I247.7

中国版本图书馆CIP数据核字(2018)第 082860 号

责任编辑：杨　岚　　　　　　　责任校对：陈　琪
整体设计：一壹图书　　　　　　责任印制：邱　莉　杨　帆

出版：长江出版传媒　长江文艺出版社
地址：武汉市雄楚大街 268 号　　邮编：430070
发行：长江文艺出版社
电话：027—87679360
http://www.cjlap.com
印刷：湖北新华印务有限公司

开本：720 毫米×1020 毫米　　1/16　印张：13.875
版次：2018 年 9 月第 1 版　　　2018 年 9 月第 1 次印刷
字数：112 千字

定价：29.00 元

版权所有，盗版必究（举报电话：027—87679308　87679310）
（图书出现印装问题，本社负责调换）

暖心美读书（名师导读美绘版）
高端选编委员会

（以年岁为序）

谢　冕　著名文学评论家，北京大学中文系教授

周国平　著名哲学家、作家，中国社会科学院哲学研究所研究员

王泉根　著名文学评论家，北京师范大学中文系教授，中国作家协会儿童文学委员会副主任

曹文轩　著名作家，北京大学中文系教授，北京作家协会副主席

朱永新　著名教育家，苏州大学教授，中国民主促进会中央委员会副主席

相信精神，相信文学的力量
——《暖心美读书》（名师导读美绘版）总序
王泉根

阅读决定高度，精神升华成长。

阅读是生命的重要组成部分。人生的阅读史就是给生命打底的历史、精神发展的历史。在今天这个网络阅读、手机阅读、图画阅读已经成风的多媒体时代，图书阅读依然显得十分重要，静静地捧读书本的姿态，依然是一种最迷人、最值得赞美的姿态。

少年儿童的精神生命如同夏花般蓬勃开放生长。认知、想象、情感、道德、审美、智慧，是给少年儿童精神生命打底的重要内容，也是阅读的重要内容。从优美的、诗意的、感动我们心灵的文学经典名著中，感悟道德的力量、审美的力量、艺术的力量、语言的力量；保卫想象力，巩固记忆力，滋养我们精神生命的成长，这是文学阅读的应有之理，应获之果。

长江文艺出版社奉献给广大小读者、同时也适合大读者阅读的这一套文学精品书系，我更愿意把它作为"经典"来解读。

界定"经典"是难的，如同"美是难的"一样。我曾在一篇文章中，对"文学经典"作过如下表述："所谓文学经典，就是那些打败了时间的文字、声音、表情，那些影响我们，塑造人生，增加底气，从而改变我们精神高度的东西。"显然，文学经典是可以装进我们远行的背囊，陪伴我们一生的。因为，人的一生，在任何年龄，任何时空，都需要增加底气，增加精神的高度，这样的人生才不会在时间的潮汐中虚度、遗恨。

经典阅读既是高雅的阅读行为与文学享受，也是一种人文素养的养成性教育。对于一个正在发育和成长中的少年儿童，单有学校的教材教育是远远不够的。成长中的少年儿童，正处于"多梦的年代"，也处于"多思的年代"，他们正在逐步形成独立思维和个体情感，对自己所处的环境和未来发展需要有客观的认识与准备，需要养成积极乐观的人生态度，抗拒挫折的意志和能力。这样一来，他们今后走上社会与职场，独立面对自己的现实，独立承受自己的未来时，才不会茫然失措，无从应对。而这些精神"维生素"与人生智慧，往往深藏在经典名著之中。因而经典可以使人终身受益，在人的一生中发挥潜移默化的精神灯火作用。

长江文艺出版社奉献给广大读者朋友的这一套《暖心美读书》（名师导读美绘版），从文学史、精神史、阅读史的维度，集百年中外文学经典名著于一体，立足于少年儿童的阅读接受心理与精神追求，邀请名师进行导读，邀请画师配以美绘，从选文内容、文学品质、文体类型、装帧设计、图文配制等各个环节，都做到了目前能做到的"最高"功夫，可以说这是一套为新世纪的读者特别是广大少儿读者"量身定做"的文学精粹。

耶鲁学派的代表人物布鲁姆说："没有经典，我们就会停止思考。"经典的永恒价值在于凝聚起现实与历史、人生与人心、上代与下代之间向上向善向美的力量！

有一种力量，让成长充满审美。有一种力量，让青春刚柔并济。有一种力量，让梦想不再遥远。有一种力量，让未来收获吉祥。幻想激活世界，文学托举梦想。相信阅读，相信精神，相信文学的力量。

2017年2月9日于北京师范大学文学院

童年，那些很好听很好听的故事
——《水流轻轻》导读

施民贵

新书《水流轻轻》是谢倩霓的一个儿童短篇小说作品集。

水流轻轻，轻到什么程度？轻到可以听到河水流过河床时，童年成长拔节的声音。

这是一些很好听很好听的故事，好听到让你一口气读完。让我们轻轻打开，细细品味。

很好听很好听的故事，谁讲故事很重要。儿童小说，应该是儿童来讲述故事，讲给儿童听的故事。第一个短篇《不曾改变的呼吸》，谁在讲故事？插班生李红艳，同桌是帅哥齐力，可帅哥偏偏对李红艳爱理不理的。李红艳帮大家垫付虾钱，李红艳垫付给帅哥购买生日蛋糕的钱，却被人误传为暗恋，真是"冤"。插班生到了一个陌生环境，努力适应、融合、渴望得到认可，会有许多意想不到的"遇见"，是有故事的。短篇《镜头下的奇迹》，故事中的童东、安西是冤家，不是冤家不聚头，冤家是有故事的。短篇《上学路上手拉手》，其中好朋友牡丹的爹是一个端公，是跳大神的，最后牡丹还被送人做女儿，这是怎么回事？牡丹是一个特殊的孩子，特殊的孩子是有故事的。插班生、小冤家、特殊的孩子，故事随着他们而展开，娓娓道来，很好听。

很好听很好听的故事，发生在什么地方很重要。短篇《藏在树丫里的钟声》，故事发生在小山村里，藏在一棵树上，藏在树丫里，藏在铜钟里。你想，对程坊小学念书的孩子来说，这只铜钟多神奇啊！听着钟声上课，听着钟声下课与放学，谁都想钻到操场中央那棵老榕树上摸一摸挂着的大铜钟。可是小学六年孩子们一次也没有得逞，有个管钟的大老程盯着，简直是天神。长故事的地方，充满陌生感，充满着悬念。短篇《叶子上的秘密》就更奇妙了，那是一幢老房子，老房子背面的灰色砖墙上面爬满了好多好多的叶子，叶片的背面竟然密密麻麻写满了同桌男生"陆向宇"三个字。又是一个被人误解为"暗恋"的故事。这故事从叶片上的字开始，这叶片上的字就成了秘密，秘密就成了故事。这故事长的地方真奇妙啊！长故事的地方总是很陌生，很神秘，这些地方长出的故事会很好听。

很好听很好听的故事，悬念迭起。短篇《流水轻轻》讲的是放学的路上发生的故事。放学路上发生的事，似乎有些故弄玄虚。放学了，女孩走在小河边上，突然发现有一个身材臃肿的女人在卖山楂。山楂又大又好又新鲜，价钱嘛，买主说了算。这是怎么回事？第二天放学的路上，又遇到了那位卖山楂的女人，眼神里竟然有一种乞求的味道。这是怎么回事？女孩的妈妈也听说了河边卖山楂的女人，警觉起来，突然朝河边跑去。这是怎么回事？真是谜团阵阵啊！原来，卖山楂的女人是女孩的亲妈。女孩是亲妈的第三个女儿，女孩太多了，一生下来就送给了镇上的爸爸妈妈。两家人约定，都要彻底忘记送养这件事。可是，亲妈想女儿了，每年给女孩留最大最好的山楂。后来，亲妈患了恶疾，知道自己即将离世，非常想见女孩一面，亲手送一次免费的山楂给女孩吃……于是，就有了小河边的两次相遇。这是不是一个很好听的故事？读着读着，眼泪流出来了——人生就是这样，总是生造出一个个奇奇怪怪的故事，女孩又能怎么样呢？她原谅了亲妈，感恩养爸养妈。一切都一样，一切还是不一样的。不一样的是女孩长大了，这就是童年成长。

阅读谢倩霓的短篇《水流轻轻》，感觉作者能把儿童的某种不幸上升为成长中的一个生命故事，并且试图通过这一故事来昭示生命成长内在的蕴涵。小说似乎没有惊天地泣鬼神，但是在云淡风轻的叙述中往往不经意就让人心里一动。

阅读，需要文学的阅读。阅读小说，就要抓住小说的特性阅读，思考人物的塑造、环境的描写、情节的设计，读出文体特色。阅读理解是重要的，阅读运用更重要，我们能像作家一样写作吗？学生写作要学会文学的表达，向作家学写作。作家谢倩霓的短篇集《水流轻轻》，向我们传授了哪些写作秘笈？写作素材，无处不在，一个班的同学，就是一个个的写作对象，他们都有自己的故事，每一位同学都有不一样的精彩。关键是学会讲述故事，学会塑造人物形象。

让我们轻轻打开谢倩霓的短篇集《水流轻轻》，细细品味。

目录 CONTENTS

001 双声道事件
020 叶子上的秘密
044 水流轻轻
066 窗外,秋风吹面
087 上学路上拉着手
106 穿越而过
128 小青
146 藏在树丫里的钟声
169 镜头下的奇迹
190 不曾改变的呼吸

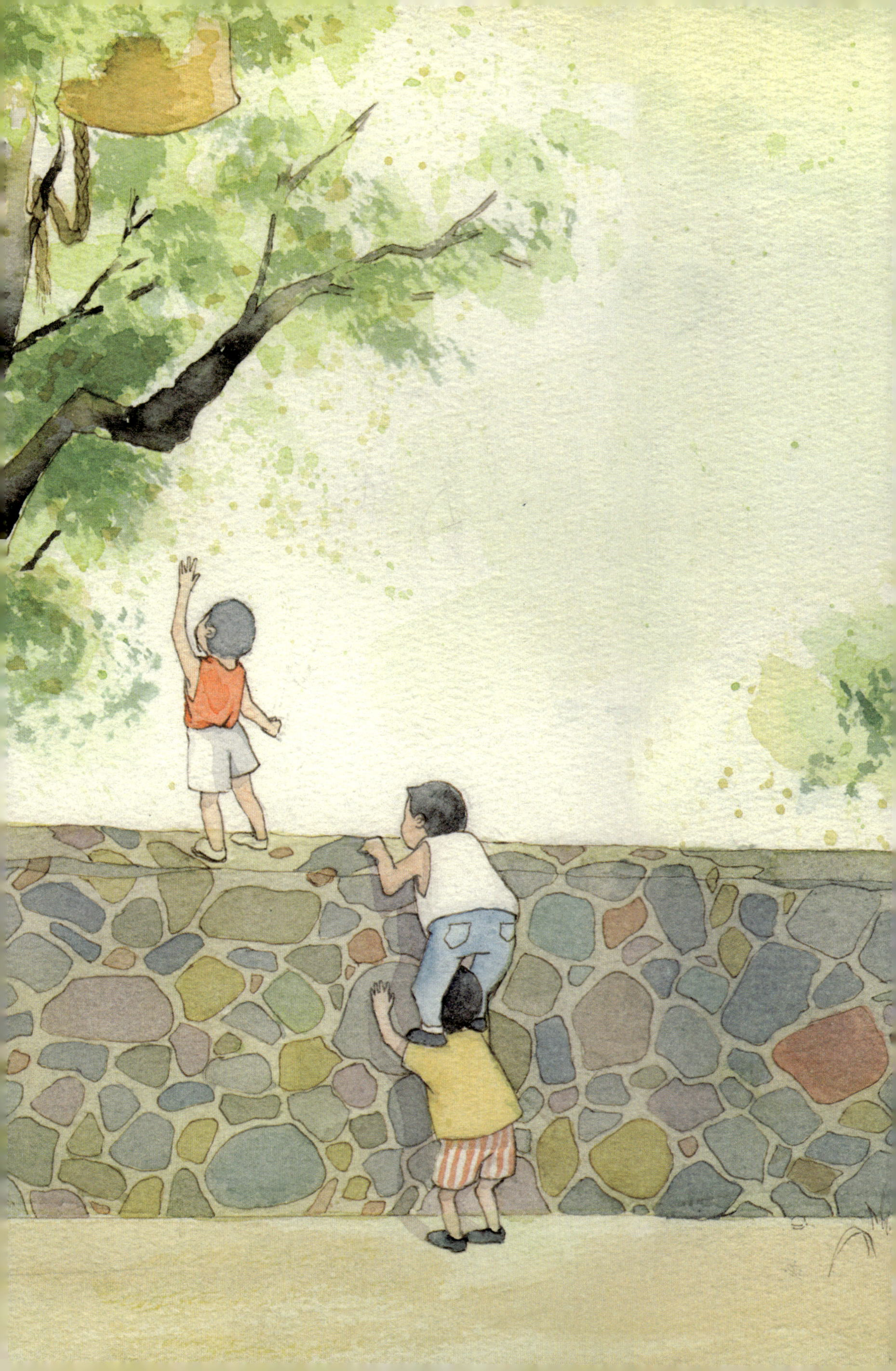

不曾改变的呼吸

　　自己竟然能与陈羽飞成为同桌，李红艳真是喜出望外。

　　陈羽飞，一听名字就知道不是一个普通的女孩子。像轻盈的羽毛一样漫天飞舞，多么浪漫，多么富有魅力啊！哪里像自己的名字，李红艳，要多俗气有多俗气。据说生她的时候，家里院子里的鸡冠花开得正旺，红艳艳，肥嘟嘟，爸爸随口就给她取了个"红艳"的名字，还很得意地说："女孩子叫红艳，蛮好听的。"

　　院子里长鸡冠花的家，当然是乡下的那个家。现在那个家里，只剩下爷爷奶奶了，李红艳和爸爸妈妈，差不多半年前就从乡下搬到了城里。

　　李红艳小心翼翼地将自己的书包放到新座位上，坐下以前，对陈羽飞讨好地一笑。

　　陈羽飞嘴角动一动，算是回答。

　　陈羽飞原来的同桌随父母出国了，一直一个人坐在最后面的插班生李红艳就幸运地补了空缺。

对于陈羽飞的冷淡反应，李红艳并不在意。她相信妈妈的话：以心换心。从小，妈妈就一直这样教导她：好好地对待别人，人家也会好好地待你的。

对于妈妈，还有爸爸，李红艳都是很迷信的。她的爸爸妈妈都是初中毕业生。在以前的乡下，初中毕业生是很了不起的。所以，李红艳的爸爸妈妈能够发财。他们是靠养水产发的财。发了多大的财，李红艳不清楚，反正她家在城里买了一套三室两厅的大房子，李红艳也交了一大笔转学费，插班到现在的这所中学念初二。

坐在陈羽飞的身边，不时偷偷地看一眼她洁净细致的侧面，李红艳真是觉得非常快乐。自己终于有同桌了，而且是这么出色的同桌！李红艳并不太在意陈羽飞对自己的冷淡，谁让自己身材粗粗，皮肤黑黑，穿着打扮一点也不入流呢。不过，自己一心地对陈羽飞好，她最后总会对自己也好的吧！

一下课，李红艳还未来得及开口说一句话，陈羽飞就像一只快乐的小鸟一样飞离了座位，她飞到最后一排齐力的座位边，毫不掩饰地大声说："阿齐，周末我们去钓虾好不好？"

李红艳怀疑自己听错了。钓虾？钓虾有什么好玩的？而且还要大老远地跑到乡下去呢。

阿齐，也就是齐力，他是班上的体育委员，是班上的核心人

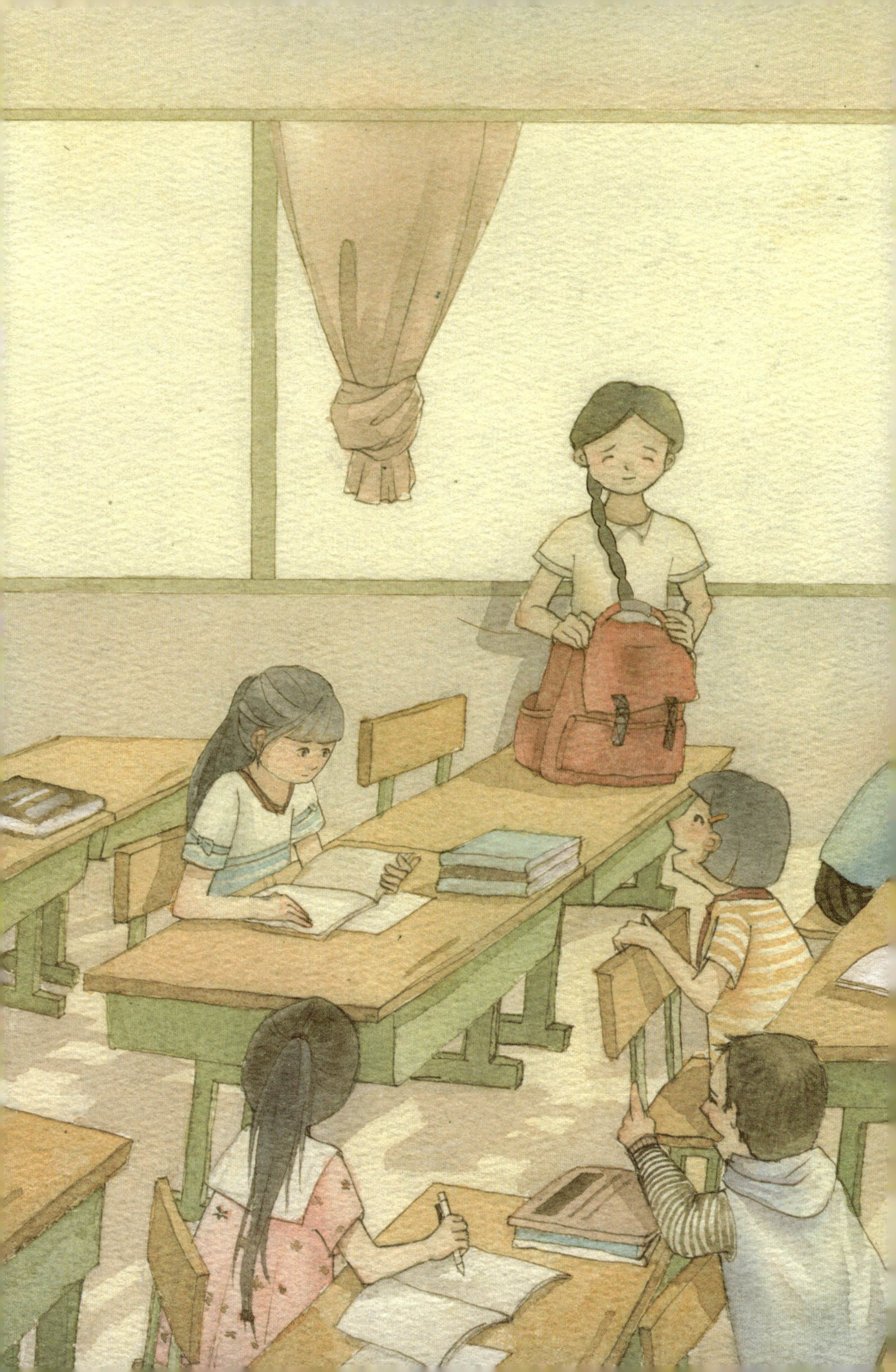

物之一。他夸张地耸耸肩膀，说："钓虾？哪儿有虾啊？是坐火车到乡下去还是乘飞机到海边去？"

陈羽飞娇嗔地在齐力手臂上拍一下："真是老土！绿女神饭店最新引进的休闲项目都不知道！就在饭店底层啦，人造大水池，里面放的是泰国沼虾，个儿很大的，很好钓。钓上来的虾，可以在饭店当场加工，当场品尝，是不是很过瘾？"

"这主意听起来还不错，算上我。"赵天说。赵天是齐力的同桌。

李红艳知道，他们几个，另外再加上几个次要人物，是班上的一个小圈子。他们成绩灰不溜秋，在班上却极有市场。他们是班里的时尚谍报员，所有最新的流行，最新的"星"闻，都是从他们嘴里传播出来的。而陈羽飞，是这个圈子里的精灵。

有时课间，远远地看着陈羽飞像一片真正的羽毛一样快乐地舞动在教室的每一个角落，李红艳会非常迷惑。以前在乡下，成绩是最重要的，所以，家里穷得丁当响但成绩优异的左朴能够一直占据班级甚至年级宠儿的宝座（不知道他现在好不好？李红艳有时候很想念他。）

而在这里，成绩优秀的同学当然仍是班里的宝，但他们沉默寡言，除了考试或参加什么竞赛，平常的日子他们并不引人注目。反倒是陈羽飞他们一伙，是枯燥的两点一线生活里的亮点呢。很多同学都愿意在课间跟他们打交道，听他们说今年的秋天将流行什么，娱乐圈的小道新闻等。有一次，邻班的两个女孩为王菲到底大谢霆锋几岁争论不休，来找陈羽飞，陈羽飞非常权威地说："11岁！"那气派，那架势，唉，真是让李红艳满心地羡慕。

下午最后一节自习课上，李红艳忍不住轻声问陈羽飞："你们明天真的要去钓虾吗？"

陈羽飞有些意外地看她一眼，说："是啊，我们每个周末都要出去休闲的。"

"休闲"这两个充满情调的字眼终于使李红艳下定了决心，她说话变得有点结结巴巴："我，我想去看你们钓虾，不知可不可以？"

看着李红艳满脸的羡慕和惶恐，陈羽飞嘴角浮起一丝含义不明的笑容："你？可以呀，随便。"

李红艳拿不准陈羽飞到底是高兴她去还是不高兴她去。但不管怎样，她答应了，李红艳因此非常感谢她。

说实话，到城里几个月以来，李红艳一直过得很不快乐。在班里，她没有一个朋友，她一直一个人坐在后面，连找个说话的人都找不到。班里的女生各有各的圈子，每一个圈子都牢不可破。她插不进任何一个圈子里去。

课间独自坐在座位上的时候，李红艳的思绪有时候会突然跳到以前乡间的教室里去。那时候李红艳经常眉飞色舞，女孩子们围着她，争着看她戴着的会叫的电子手表，或者新奇好看的玩具。李红艳一向是很大方的，任何人都可以试用她的新东西。有时传来传去，弄丢了，李红艳虽然很心疼，却也并不责怪谁。不过，左朴是很少加入这种试用的行列的。有时李红艳特意将一支好看又好用的圆珠笔送给他，他也只是笑笑，却不肯收下。这时李红艳就会骂他："死脑筋！"左朴也不生气，仍旧只是笑笑。

有时候呢，女孩子围着李红艳是问她数学题。李红艳以前的数学是学得非常好的，成绩仅次于左朴。她甚至与左朴一起代表学校到县里去参加过一次数学竞赛呢。

不过现在，她的成绩有点跟不上趟了。这里进度不一样，老师的教学方法也不一样。有时老师一高兴，讲起城里话来，李红艳更是听都听不懂。反正，李红艳觉得现在自己的脑子就像是塞满了稠稠的糨糊，搅都搅不动。

自己以前竟然是班里的数学尖子之一，这件事想起来简直有点不可思议。

李红艳很重地叹了一口气。

这时候的李红艳是坐在家里的阳台上。手里拿着书，却并没有看。

星期六的早晨很安静，似乎整个住宅区的人都在睡懒觉。阳光已经出来了，在离阳台一点点远的地方快乐地流淌着。

妈妈正在踮着脚尖晾衣服，听见她叹气，回过头来问她："艳艳，怎么啦？"

李红艳说："没什么。"想了想又说："我下午要出去，跟我们同学去玩。"

"跟同学去玩？艳艳你在班里交上朋友啦？是男的还是女的？"

妈妈兴奋的神情令李红艳感动。她知道，其实爸爸妈妈一直很担心她。妈妈甚至想将她再送回乡下去。"还是乡下人好，待人实在。"妈妈说。但爸爸不同意。爸爸是这样说的："一个人不可能总是躲在角落里，总是要走出来的。迟出来不如早出来。"

李红艳回答妈妈刚才的话："男的女的都有。领头的是个女同学，很时髦的。在班上很有地位。她现在是我同桌呢。跟我关系很好的！"说到后来，李红艳不知怎么吹起牛来了。她的脸有一点红起来。

妈妈没注意到她的脸红，她一迭声地说："这就好这就好！

时髦的城里女孩都懂事，见识广。你要多跟她学学。"说着，妈妈从口袋里摸出一百块钱来："带点钱在身上。城里的孩子，花钱都很大方的，不要让人小瞧了你。"

临出门时，李红艳又在自己平常存下来的零用钱里再拿了一百元。绿女神饭店她是知道的，一座带后花园的四星级酒店，李红艳从来没有进去过，不知道里面是怎样的花费。还有什么泰国虾，一定也很贵吧。总之，多带点钱在身上，可以壮胆，以防第一次就在陈羽飞他们面前丢丑。

李红艳特意比约定的时间晚去了一刻钟，因为她害怕一个人待在陌生又高雅的地方。

迎着他们走过去时，李红艳感到自己脸上的笑有点像是刚在冰箱里冻过，又平板又僵硬。齐力首先发现了她，他毫不掩饰地"咦"了一声。这一声"咦"引来了所有人的目光，目光里全是惊奇和意外。

李红艳尴尬地停住了脚步。陈羽飞没对他们说我要来吗？

她抬眼去看陈羽飞，陈羽飞的脸上居然也是一副吃惊的样子。她一定只将李红艳的话当成耳边风，没想到她真的会来的吧。

还好她立刻就露出了笑脸，说："欢迎欢迎，欢迎你加入我们的休闲行列。"

她这一说，别的人也都露出了友好的笑容。

李红艳长长地松了一口气。

穿着白制服、戴着红帽子的服务生给他们每人送来了一根精致的钓竿、一小碟新鲜鸡肝做成的饵，和一只装有清水的小白瓷盆——用来装钓起来的虾。

李红艳别扭地坐在有着精致扶手的白色休闲椅上，将装好饵的钓竿小小心心伸进清澈见底的池水中。很大的泰国虾就那么呆呆地、一动不动地伏在那里。不知为什么，李红艳突然觉得这样的钓虾方式有点好笑，甚至有点——装腔作势。一切都一目了然，没有了一点点等待中的猜测和兴奋。

以前在乡下，钓鱼、钓虾是在水草掩映的小河里进行的。河里有没有鱼呢？有没有虾呢？有多大呢？一切都是未知数，一切都只有真正钓上来才能明了。那种猜测、等待和焦虑，才是垂钓者的最大乐趣呢。

好不容易熬过了一个小时，李红艳才钓上来六只虾。别人的战绩也差不多。陈羽飞甩甩头发，说："不合算不合算，一个小时三十块钱，等于一只虾要五块钱呢。"

李红艳这才知道这种"休闲"的价钱。她心里暗暗地松了一口气。一个小时三十元确实不值得，不仅不值得，简直还有点莫名其妙。但好歹比自己预想的要便宜多了，自己带的钱绰绰有余呢。

齐力潇洒地冲不远处立着的服务生打了一个响指:"买单!"

陈羽飞快速地瞟了李红艳一眼。

李红艳急忙掏口袋,一下子将两百元钱全部掏出来了:"我这儿有钱。"

"呀,你带了这么多钱呀!"陈羽飞凑过头来。

李红艳有点迟疑地将钱递给她。

"嗨,这儿有钱!每人三十,六个人一百八,还可以找回二十块钱零头呢。"陈羽飞朝齐力飞舞着手中的钞票。

服务生接过了陈羽飞手中的钞票,走回账台,很快就拿回来发票和二十元找头,交到陈羽飞手里。

陈羽飞将钱还给李红艳:"还给你啦!"

一直到回到家坐在沙发上,李红艳还有点回不过神儿来。她一直没弄明白陈羽飞是什么意思,是他们借她的钱呢,还是算她一个人请客呢?

"咣当"一声,是妈妈开门进来了。热

死人的初秋天气，妈妈却穿着厚厚的劳动裤，脚上还套着一双长长的黑色橡胶靴。

"咦，艳艳回来啦。玩得好吗？"妈妈抹一把脸上的汗，急急忙忙进到厨房去找什么，一边回过头来问李红艳。

"好，玩得很好。"李红艳愣了一下，赶紧回答。

"这样就好。以后多跟同学出去玩玩，不要老是一个人闷在家里。要钱用就跟妈妈说。不过也不能大手大脚，爸爸妈妈挣的都是辛苦钱。"妈妈找了一大包黑塑料袋出来，又匆匆忙忙出门去了。

李红艳继续坐在沙发上发愣。

星期一，李红艳走进教室时，陈羽飞正在声情并茂地向几个女孩子说着周末的休闲新活动。看见李红艳进来，她朝她很洋派地挥挥手，声音很大地"嗨"了一声。几个女孩子一齐转过头来看李红艳。第一次受到这么多人的注目，李红艳脸都有点红了，她兴奋又慌乱地冲大家一一点头。

陈羽飞继续刚才的话题："钓上来的虾我们没有在饭店加工，加工费很贵的，不合算。"

李红艳眼巴巴地站在一边，盯着陈羽飞快速开合的两片红唇。她真希望陈羽飞能告诉大家：李红艳也去钓虾啦，并且，还是她买的单呢！

可是，一直到上课铃响起，李红艳也没能等到她想听到的话。

接下来的几天，李红艳一直有些心神不宁。她不知道自己在期待什么。是等陈羽飞他们还钱，还是希望能听到一声友好的"谢谢"？李红艳自己都不太清楚。并且，她也不愿意自己真的很清楚地去想这件事，这样，就显得她太小气了。对了，一定是自己太小气啦，所以一直牵牵挂挂，总觉得这件事没有完结。

其实，现在陈羽飞对李红艳是很友好的，每次李红艳对她微笑，陈羽飞都会以她特有的热情而略带夸张的方式回报给李红艳一个洋派的手势。受她感染，他们那个小圈子里的人见到李红艳也不像以前一样视而不见了，有时也会对她报以微笑。

这就够了。现在大家是朋友呀，朋友之间不言利。

李红艳现在变得有点快乐起来了。她觉得自己快要，不，是已经，进入一个小圈子了。

所以，当在座位上听陈羽飞和赵天在悄悄地商量给齐力买什么生日礼物时，李红艳觉得自己也应当参加。

"今天是齐力过生日吗？要是买礼物，也算上我一份吧。"李红艳大胆插言。

陈羽飞抬起头来看看她，又看看赵天，然后又回过头来看着李红艳，说："我们准备买一个冰淇淋蛋糕送给齐力。冰淇淋蛋糕知道吗？现在最时新的生日蛋糕。你现在身上带钱没有？"

李红艳不自觉地摸了摸口袋。她口袋里一直有钱，她每天都习惯于带着钱上学，她觉得这样有一种安全感。在这座陌生的城市里，她没有一个朋友，爸爸妈妈有时忙生意要忙到半夜，她还得自己在外面吃饭呢。

现在她口袋里装有150元钱。

陈羽飞注意到了她摸口袋的手："呀！你真带钱啦？"

李红艳掏出钱："只有150元钱，不知买冰淇淋蛋糕够不够？"

陈羽飞将折得细细的钱展开来，一张100元的，一张50元的。"应该够了吧！我们放学的时候就直接到蛋糕店去订好，叫他们晚上送到齐力家去。晚上你没事吧？一起去玩！"

李红艳忙不迭地点头，一面掏出纸笔，仔细地记下齐力家的地址。

这一次李红艳没有迟到，她准时地、并且有些理直气壮地按响了齐力家的门铃。

令她大吃一惊的是，前来开门的齐力见到她居然也是一副大吃一惊的表情。

在齐力毫不掩饰的注视下，李红艳的大脑里一片空白。她漫无目的地左右四顾，一边说着一些语无伦次的话："陈羽飞还没来吗？她说……我们要给你送冰淇淋蛋糕的。对了，祝你生日快乐！"

齐力不说话，只是点点头，让开身子。李红艳僵硬地走了进去，她觉得自己显得非常蠢。

陈羽飞已经在座，看见李红艳进来，随随便便地点点头。

李红艳觉得自己应当向陈羽飞问一些话，比如，蛋糕订好了吗？钱够不够？等等。这些话可以为她证明一些什么。

但是，李红艳并没有走上前去，她不知道这是为什么——她觉得自己问不出口。她只是拣了靠边的一张椅子，坐下来。

桌上摆满了零食，还有大家带来的各种小摊上买来的廉价贺卡。电视屏幕上正在播放阿妹的MTV，陈羽飞拿起话筒，跟着唱起来。她的声音不好听，出声很不流畅，像是被人掐成了一段一段的。但她唱完了，大家还是大声喝彩。

李红艳没有跟着喝彩，她神情恍惚地看着这些与己无关的热闹。

门铃响了，陈羽飞大叫起来："一定是蛋糕送到啦！"

她和赵天一起蹦到门口去，打开门，真的是蛋糕店的员工送来了蛋糕。

蛋糕不算大，但做工精细，富丽堂皇。陈羽飞手忙脚乱地在蛋糕上插生日蜡烛，一边叫赵天："你快来帮忙呀，冰淇淋都要化掉啦！"

"是真的冰淇淋呐！"旁边有人羡慕地低呼。

"那当然！我和赵天特意去订的呀！"陈羽飞开心又得意。

生日蜡烛点起来了，陈羽飞和赵天一边一个，将生日蛋糕捧到齐力面前，大家跟着他们一齐唱："Happy birthday to you！"

齐力英俊的面孔笑成了一朵好看又柔软的花："谢谢大家！谢谢大家这么费心！"

开始分蛋糕了，李红艳分到一块小小的、有着一朵精致的白花的蛋糕。

"好看吧！特意切给你的！"陈羽飞朝李红艳亲热地笑着。

李红艳机械地、茫然地笑回去，她拿不准李红艳是不是真在对她说话、对她笑。

冰淇淋真的有点化掉了，花瓣的轮廓已经模糊，开始软软地往下瘫倒，有小小的乳白的水珠在慢慢地凝固。

李红艳惊觉自己的眼角也爬出了同样的水珠时，她被自己吓了一大跳。她俯下头去吃蛋糕，匆匆忙忙地用手背蹭了一下眼角。

不，不是因为钱，真的不是因为钱。只是，一切都这样莫名其妙又偏偏这么理直气壮，除了再一次强烈地感觉到自己像个傻瓜，李红艳找不到任何其他的感觉。

李红艳是提前告辞出来的。陈羽飞惋惜地说："你这么快就走啦？再玩一会儿吧。我们还要玩好大一会儿呢。"

和以前陈羽飞说过的其他一些话一样，李红艳同样拿不准这句话到底是真的还是假的。

一切都是含混的、模糊不清的，远离自己简单的人生经验，并且也远离妈妈的教导。李红艳无法把握和判断，她只有逃离。

回到家，令她惊讶又高兴的是，左朴竟然坐在家里的客厅里。妈妈说："哎呀呀！你怎么才回来？左朴已经来了好大一会儿啦。"

左朴站起身，黑黑的脸上流淌着真诚的、略带羞涩的笑容："你好！"

这是一种看得见、摸得着的笑容，隔着好几步远，你也能强烈地、清晰地感受到它的诚意和实在。李红艳觉得眼睛里又有东西要流出来。她无法说话，只是朝左朴微微咧咧嘴，算是回答他的问候。

左朴是到城里来参加数学竞赛的，李红艳的爷爷奶奶托他带了很多自家地里产的东西来。

"我们的领队老师说你们学校的参赛选手叫方欣，是个女生。你认识她吗？"

李红艳点点头。

方欣，就是那个衣着朴素、剪一头短发、成天坐在自己的座位上看书的小个子女生。她的座位离陈羽飞很近，仅在前面两排，但她好像从来不参与陈羽飞他们的课间谈论，她是属于另一个圈子里的人。

李红艳似乎这才想起来，班上还有其他的同学，其他的圈子。怎么这么长的时间里，自己眼睛里就一直只有飞来飞去的陈羽飞呢？

喝一口水，左朴又不知轻重地蹦出一句："这次为什么你没参加呢？来的时候，我还想着我们可以在赛场上一见高低呢！"

左朴的话令李红艳有一种做梦的感觉。她勉强笑一笑,说:"我现在的成绩……怎么说呢?没有以前的好吧!"

妈妈赶忙打圆场:"艳艳刚到城里来没多久,还不适应呢。以后会好的。"

以后,以后真的会好吗?

站在公共汽车站空旷的站牌下面,李红艳看着左朴登上几乎空无一人的公交车,回过头来对自己笑一笑,然后车子带着巨大的发动机的声响,很快地开走了。

李红艳一个人慢慢地往家里走。路上很安静,有路灯影影绰绰地在树间照着。李红艳似乎听到了自己心跳的声音。她静静地听着,听着来自自己身体深处的、并不曾改变的呼吸。

镜头下的奇迹

一

童东和安西是一对名副其实的冤家。他们的冤家史，可以追溯到几个月以前，他们刚刚成为中学生的开学第一天。

那天，童东脖子上挂着一个小炮筒一样的单反相机，施施然跨进校门。正如他预想的一样，他立刻就被一群好奇的同学围住了。童东矜持地微笑着，向大家解释他是资深摄影发烧友，想趁刚刚成为中学生的开学第一天来抓拍一点有纪念意义的照片。他告诉大家，单反相机拍出来的照片和手机拍出来的效果是完全不一样的，那种层次感和生动感，绝对一个天上一个地下。大家一听，纷纷要求童东给他们拍照。童东来者不拒，很享受地听着相机咔嚓咔嚓揿下快门的声音。一不留神，离通知上要求统一到教室集合的时间已经过去 10 分钟了！

童东拔腿就跑。

跑了没两步，却猛然间撞上了一位理着板寸头的高个女生！只见她跟他一样，脖子上挂着一台小炮筒一样的单反相机，身后跟着一群仰慕者。而且，一眼看去，她脖子上的相机跟自己竟然是同一品牌、同一档次的！

童东瞪着她，一种很不好的预感涌上心头。

就在童东脖子上挂着相机施施然跨进校门之际，理着板寸头的女孩安西则按通知上的要求乖乖去到了教室，然后，她在新的教室新的同窗间突然间亮出藏在包里的小炮筒一样的单反相机，一言不发，举起小炮筒直接对准大家咔嚓咔嚓就是一阵狂拍，教室里立刻响起了一片疯狂的尖叫声！安西这一精心设计的亮相动作轻而易举就捕获了新同窗们的佩服仰慕之情，甚至还顺带赢得了他们的新班主任田田老师的高度赞许。

开学第一天，光在教室里拍照当然不过瘾，他们应该到校门口去拍一些照片才更有纪念意义呀！

所以，安西就被这群新同窗前呼后拥着，在校园里喧哗而过。正在这时，却跟一个长发飘飘的小个子男生迎面相撞！

安西瞪着他，一种很不好的预感涌上心头。

两拨人面对面停住了脚步。

"新生？"童东先发制人，皱皱眉头问安西。

"你也是新生吧？"安西是什么人？岂能被一个小男生随便压制。她立刻一个反问句扔过去。

"哪个班的？"童东不理她的反问句，他沉着嗓子发出了第二个提问。

"你可千万不要告诉我你是初一（1）班的！"安西当然不会直接回答他，而是用了一句表示嫌弃的否定句。

"啊？不是吧！"这一下童东傻了。

"啊？不是吧！"这一下安西也傻了。

他们竟然是同一个班上的！

"哇！我们班上竟然有两位高级摄影师！"跟在安西后面匆匆赶来的田田老师，拍着手惊叹起来。

田田老师是一个刚从大学毕业的新老师，这也是她第一次当班主任，所以她很愿意跟她的新学生们一起在学校大门口留下一些珍贵的纪念照片。可是她班上一个叫童东的学生却迟迟没到，她等不及了，生怕自己跟她的新班、跟她的第一届弟子的第一张合影失之交臂，所以她在黑板上匆匆给童东留了一句话，就一步跨出教室门，跟在学生们身后匆匆赶过来了。

没想到，她见到了两位脖子上都挂着专业相机、两位脸上的神情都牛皮哄哄的摄影大师！

田田老师咬咬嘴唇，使劲想了一下，不知道该吩咐谁拍更好一些，结果只好命令她的两个新弟子："你们一起给大家拍照吧！"

童东和安西相互看一眼，通过眼神各自朝对方嗖嗖嗖发射了几支含义不明的冷箭，然后各自端起相机，摆出各种奇怪的步子，给大家拍下了各种角度的照片。

田田老师不知深浅地加上一句："你们俩要加油哦！我们要看看谁拍得好。拍得好的三年以后我们班做毕业纪念照时可以放进去哦！"

然后，田田老师看看童东披肩的长发，笑嘻嘻地说："童东啊，学校规定男孩子不可以留这么长的头发的。下午放学回家就去剪了啊！"

安西扑哧一声笑起来。

童东恼火地瞪了安西一眼，恨恨地一拍额头，说："田老师，难道到

了中学也要管学生头发的吗？小学的时候每个月都要求剪头发剪头发，害我只有在暑假才能留长发。我以为中学不会管的……"

安西幸灾乐祸地说："谁说中学不会管？你赶紧剪了，不然我们班没准因为你这一头飘飘长发而扣分！"

童东不服气地看看安西，问田田老师："老师，那女生剪男生头就没人管了？那么短的头发，像个什么样子啊！也会影响班风吧！"

安西愤怒地瞪着童东的后脑勺："这个关你什么事了？"

田田老师笑着摸摸安西的板寸头："校规里好像没有提到女生不能剪男生头呢，只说女生不能披头散发。"

"哈哈！"安西朝童东做了一个鬼脸。

"不过，"田田老师接着说，"好好的女孩子剪这么短一个板寸头干吗呢？女孩子留长头发才好看哪！安西你还是把头发留起来吧，不要让人误以为你是一个假小子。"

这回，轮到童东给安西做鬼脸了。

田田老师饶有兴味地看看他们两个人，忍不住笑起来了："你们俩还真有缘分，名字一个东一个西，一个男孩喜欢留长发，一个女孩却偏偏喜欢剪短发！而且，你们都是摄影发烧友哦！我决定把你们俩安排做同桌，这样你们可以更好地探讨摄影技术、共同进步！"

这一下童东和安西面面相觑。周围围观的同学一起哈哈大笑。

就这样，开学第一天，命中注定一般，童东和安西就成了一对要么不碰头、一碰头就得对着干的冤家！

二

就像今天，放寒假前的最后一天，最后几分钟。

所有该考的试都考完了，所有该发布的注意事项也都发布了。最后就剩下大家挥挥手，说再见，各自回家美滋滋过寒假了。

坐在里面的安西，急着要回家赶火车，她爸爸订了一个南方山区风情摄影团，要带着安西趁春节前拍一批美照回来，安西爸爸当然更是超级摄影发烧友，安西就是受他的影响才爱上摄影的。可是童东霸占着出口，还在慢吞吞慢吞吞地收拾东西。

"喂，童东你快一点好不好？"安西狠狠地踹了一脚童东的椅子腿。

童东朝她翻一个大白眼："你急什么急啊？都放寒假了，时间一大把一大把的，你还这么催命一样的急，小心得心脏病噢！"

"哎呀我要去赶火车啦！一万多块钱的团费，误点了你负得起责任吗？"安西干脆站起身，猛然推了一下童东的椅子。

童东被她推得身子一歪，差一点连人带椅一起摔倒在地。他眼疾手快，一把捞住安西的手臂，才稳住了身子。

"你这是想谋财害命么？"童东仰起头，愤怒地质问安西。

安西生气地一把甩开他的手："哎呀你抓我手臂干什么！男女授受不亲你懂不懂？"

经过他们座位边朝外走的同学一边摇头一边头也不回地走自己的路。这样的剧情，几乎每天都要在班级里上演，他们早已见怪不怪了。只有童东的邻居、也是童东小学时的死党汪米停下了脚步，同情地问一句："哥们需要帮忙吗？"

童东豪迈地一甩头，想象自己头上还是长发飘飘的样子："不需要！我自己解决问题！"

他站起身，双手叉在腰间，哈哈一笑："安西同学，今天反正放假了，我就跟你耗上了！有本事你就从我头顶上跳过去吧！"

这一下安西真急了，她狠狠地在自己千年不变的板寸头上拍了一记："童东你还好意思说自己是一个摄影发烧友？你耽误我的摄影行程该当何罪？"

童东眼睛一下子放亮了："摄影行程？你要到哪里去摄影吗？"

"刚不是说了一万多块钱的团费吗？我爸报了一个南方山区

风情摄影团。赶紧让我出去，真误车就惨了！"

"啊，你早点说明白呀！"童东一闪身，让出道路。事关摄影大事，这可不能再胡闹了。

"谢！"一个谢字刚出口，安西已经蹿出几米远。

"回来PK一下照片！"童东在后面急吼吼加上一句。

安西头也没回，只胡乱朝后挥了一下手，算是应答。

这个童东不说安西也绝对不会忘的。这一个学期以来，他们之间闹得最多的还是在对各自摄影作品的品评上面。每个周末，他们拍了照片，周一都要带到学校来相互PK，他们死活不承认对方的拍摄对象和拍摄角度别具一格，更要相互吐槽对方照片光影处理和背景处理的水平。周末作业多，有时还要到外面补课，他们基本上只是在日常生活的范围内尽力发现点素材来拍，确实没有什么很好的东西。寒假可就不同了，特别是参加这个南方山区摄影团，她安西一定能拍到很多好照片来狠狠打击一下童东的嚣张气焰！

三

跟安西不一样，童东的爸爸妈妈都不是摄影发烧友，但他妈妈是一位狂热的业余网评家，她喜欢品评一切人家的摄影作品。

她拥有丰富的摄影理论知识，可她从来不屑于拿起相机来实验一下下，她说："我生下来不是为了摄影的，而是为了评论人家的摄影的！"

可能是为了不浪费妈妈的知识吧，童东自说自话就长成了一个实践派摄影发烧友，妈妈很乐于将她的理论知识贩卖给童东，童东就是在妈妈的隔空发力和自己的亲自摸索中磕磕绊绊成长起来的。

知道安西参加了南方山区的摄影团，童东心里那个急呀！他不能整个寒假困在家里坐以待毙呀！所以，他竭力鼓动爸爸妈妈来了一个寒假亲子游，他们选择的地方当然不会是南方，而是与安西完全相反的北方！

大冬天的，跑南方去干什么！当然应该到北方去拍那冰天雪地的美景呀！

果然是银装素裹、美不胜收啊！在北方千里冰封、万里雪飘的苍茫大地上，咔嚓咔嚓咔嚓，童东激动地按下快门，拍下了无

数美照。

妈妈一张一张翻看童东的照片，评价道："拍得是不错，但拍冬天雪景的经典照片实在是太多了，你很难超越人家的。"

童东傻眼了："那怎么办？"

妈妈拍拍童东的脑袋："不要只看到大的风景，努力寻求不一样的拍摄细节和角度，尽力拍出新意是一条不错的出路！"

爸爸在边上很虔诚地点头。爸爸是一个傻傻的理工男，他一切都听妈妈的。

童东也觉得妈妈说的很有道理。所以，当听到他们所住民宿的老板娘提起附近有一家民间博物馆时，童东眼睛一亮。

民间博物馆，总是会有一些意想不到的奇怪的小东西，也许能成为很好的摄影素材。

果然如此！

在一个小小的玻璃柜子里，童东看到了一双奇怪的鞋子，一双稻草编的草鞋。草鞋式样很特别，一般草鞋都是镂空的边缘，

这双草鞋的边缘却被密密实实几条辫结拦住了，编鞋的人应该是花费了很多心事和手工在上面；草鞋颜色早已暗沉，能感觉得到无数沉甸甸的岁月在它身上年复一年的堆积，但又并无一点磨损，就好像从来没有穿过一样。特别奇怪的是，在草鞋底部，有一个用红毛线镶嵌的图案组合：一片椭圆形的叶子样的图案，紧紧挨着一个"王"字样图案。

童东参观过一些博物馆，也见过一些风景区的老宅子，他知道以前的人们喜欢在墙上呀、地上呀、各种家具和器皿上呀，镶嵌上各种图案，以表达各种祝福和吉祥之意。可是，怎么还有在草鞋上镶图案的？而且还用的是毛线绳，而且还是这么奇怪的图案！这个图案要表达什么意思呢？

童东弯下腰，将眼睛凑到玻璃柜子上方，想要看得更仔细一些，他的后背却突然被拍了一下。回转身一看，是博物馆的工作人员，手上拿着一把钥匙，示意他让开。

工作人员的旁边，站着一位老人，一位头发眉毛胡子已经全部花白、老得看不出年纪的老人。

童东移开身子，工作人员用钥匙打开玻璃柜，拿出那双草鞋，交给老人。

老人接过，颤巍巍地朝门外走。

啊？这是什么意思？展品可以随便往外拿的吗？

童东将吃惊的目光盯住了工作人员。

工作人员看着老人的背影,轻轻告诉童东:"他是草鞋的主人。今天太阳好,他要把草鞋拿到外面去晒太阳呢。"

啊?原来这双草鞋是有主人的,这可太好了!

"我可以采访一下老人家吗?"童东礼貌地问工作人员。

工作人员有点奇怪地看他一眼,说:"这有什么不可以的?不过,你采访不到任何消息的。"

"为什么?他不肯说那双草鞋的秘密吗?"童东奇怪地问。

工作人员摇摇头:"不是的,是因为老人早就失忆了!他什么都不记得了。"

啊,怎么会是这样!

童东站在那里,一下子说不出话来。

四

院子里的积雪已经被铲除。老爷爷坐在围墙跟前一把小椅子上,他身边紧挨着另一把一模一样的小椅子,那双草鞋坐在上面。

太阳真好,金纱一般笼下来,拢住老人、草鞋和周围皑皑的白雪,发出一片亮亮的光。

童东走过去,蹲在老人和草鞋边上。

老人抬起头来，微笑地看着他："你也想晒太阳吗？你坐这里吧。"

老人把草鞋拿起来，像抱孩子一样双手拢住放到自己膝头上，示意童东坐在刚才草鞋坐的椅子上。

童东摇摇头，看着老人膝头上那双草鞋，轻轻问老人："爷爷，这双草鞋底部的那个红毛线图案，表示什么意思啊？"

老人摇摇头："我要是能记得就好啦。"

"真的什么都记不起来了吗？"

老人点点头："是呢。在很早以前的一次战斗中，我们连的人全部伤亡了，我头部受了重伤，好不容易才活下来，什么都记不得了。只有这双草鞋，当时包得好好的藏在我的怀里。想来一定是家里人送我的吧！"

"那后来呢？"童东像怕惊醒什么似的轻轻问。

"后来呀，我养好了伤，就继续加入战斗了，打了好多次仗，直到战争结束。这双草鞋，我一直贴胸带着，一次也舍不得穿。它陪了我好多好多年啦！"

"您一直想不起来自己的家在哪里吗？"

老人摇摇头："我连自己名字都想不起来啦。"

他伸出手指，珍爱地抚摸着草鞋底部那个特殊的图案。"还好有这双草鞋陪着我。每次行军累了，我就摸摸它，打仗受伤了，我也摸摸它。想家想亲人了，我也摸摸它。它呀，就像我的家人一样。"

"要是能知道这个图案是什么意思，也许就能找到您的家人了。"童东努力控制着自己的声带。他的声音听起来很怪，他觉得很害羞。

"是呀！这个图案，一定是家人给我留下的什么记号吧。可是，我怎么想，怎么想，就是想不起来……我都已经想了几十年啦……"

老人的声音慢慢地低下去了。

感觉到有眼泪水涌出了眼眶，童东也没去管。他知道已经管不住了。

过了好大一会儿，童东觉得自己可以重新开口说话了，才缓缓地从包里掏出相机："老爷爷，我可以给您和草鞋拍张照片吗？"

老人抬起头："是给我和我的草鞋一起拍吗？那敢情好！"

老人赶紧将草鞋重新端端正正摆到旁边的小椅子上，自己拉拉衣服，坐得笔挺。

童东举起了相机。

透过镜头，恍惚间，童东觉得那双草鞋慢慢地长高了，变大了，变成了一个白发苍苍的老奶奶，她紧紧挨在老人的身边，一起对着镜头微笑……

五

短暂的寒假结束，大家都回到了校园里。

开学第一天，童东和安西自然都带了自己的相机到学校。他们各自坐上自己的位子，相互看了一眼，都没有说话。

童东心里暗暗奇怪，安西看起来哪个地方好像跟以前有点不一样了呢。可是究竟哪个地方不一样呢？童东又说不上来。

安西心里也暗暗奇怪，童东看起来哪个地方好像跟以前有点不一样了呢。可是究竟哪个地方不一样呢？安西也说不上来。

坐在他们后面、早就等着看他们开学第一吵的汪米看着他们安静地坐在那里的样子，有点吓住了。他站起身，伸出两条手臂，分别搭在两人肩膀上："你们俩，有什么问题吗？"

童东回头看他一眼："没什么。只是有一张照片让我心情有点奇怪。"

安西没回头，直接伸手将汪米的手臂拨了下去："没什么。只是有一张照片让我心情有点不一样。"

"哇！你们俩，是私下里对好了台词才到教室里来的吗？"

可是，那两人已经没空理会汪米了，他们扭转头，牢牢盯住对方，异口同声地问："你是一张什么照片？"

童东说："我是一张非常特殊的照片。我在北方拍了很多很多漂亮的雪景照，但今天我就只想拿这一张照片跟你PK，我相信，只要这一张照片就足够了。"

安西这一次竟然没有朝他翻白眼，也没有急吼吼一把抓过童东的相机，她稳稳地坐在那里，慢悠悠地说："你确定？看起来这一次我们还真的是心有灵犀！我也是这样想的！我在南方拍了好多各地风情照，但我也只要拿一张照片跟你PK就OK了！这张照片是我无意中得来的，但一定可以打败你所有照片！"

这样的话同样没能使童东像以前一样跳起来，他笃笃定定从自己脖子上取下相机，说："现在我才知道，一张照片其实光有美景是不够的，如果它还能有一个好故事，那么照片就不仅仅只是一张图片，它还可能是一段历史长河的缩影，一个人整整一生的记录。"

这句话是童东妈妈评价童东拍的老人与草鞋那张照片时说的话。童东觉得妈妈说得太好了！那样的苍茫大地，那样的冰天雪地，那样的苍老和孤独，而其中却又裹挟着那样的温情和企盼！

童东的话让安西心里狠狠地惊了一下，她再也按捺不住，一把抓过童东的相机，满脸怀疑和紧张地看着童东，说："为什么我有一个很不好的预感？这些话应该是我说的啊！这些话说的正是我这张照片啊！可是，为什么会从你的嘴巴里说出来？莫非——"安西突然像盯鬼魅一样盯住童东，"你，你偷了我的照片？！"

童东伸手摸摸安西的额头："你还好吗？没发烧吧？"

汪米被这两个人不同寻常的表演完全搞蒙了，他给他们一人背上捣了一拳，说："你们俩还有完没完？说这么一大堆废话，直接亮照片不就完了！"

安西将童东的相机递还给他："你先亮！"

童东不再废话，他翻出那张珍贵的照片，直接塞到安西鼻子底下。

安西看着那张照片，眼睛一下子睁得好大好大。她转向童东，嘴唇颤抖着，竟然一下子说不出话来。

安西从来没有过的表情惊得童东一下子站起来了，他结结巴巴地说："你怎么啦？难道，我跟你拍的照片是一样的？这不可能啊，这是我在北方的冰天雪地里偶然遇到的奇迹啊……"

安西摇摇头，将童东的相机小心翼翼放在桌子上，然后从脖子上取下自己的相机，翻出她这次旅行途中拍到的那张最珍贵的照片，跟童东的相机并排摆放在了一起。

那是他们一行途经乡间一个小村落的时候，她因为拉肚子拉得厉害，跟爸爸暂时在那个偏僻的小村庄留宿了一晚。第二天，艳阳高照，她走出好心收留他们的人家，在村子里随便溜达，然后，她发现了一幅奇异的图景……

当童东凑过去，看到安西的那张照片的时候，他的眼睛猛然一下睁大了。他难以置信地转向安西，声音沙哑地问她："怎么回事？怎么……怎么会这样？"

"你们俩究竟在搞什么鬼？"汪米将挡住他视线的童东往边上拨拉，拉长了身子去看前面桌上那两个打开的相机。他看到——

一张照片上，是冰天雪地的太阳底下坐着一位很老很老的老爷爷，他的旁边摆着一双式样奇特的草鞋。

另一张照片上，是披着一身阳光的三角梅旁边坐着一位很老很老的老奶奶，她的周围摆放着很多很多草鞋，不知道有多少双，它们都一个式样，而且——跟老爷爷身边的那双草鞋长得一模一样。

童东一把抓住安西的手臂："这些草鞋底部是不是有一个图案？一片叶子一样的形状，边上是一个王字样的图案？"

安西看着童东，慢慢地点了点头。

六

在很久很久以前的战争年代，一位新嫁娘的丈夫要离开家乡，奔赴前线，拿起枪杆子保卫家园。他告诉新嫁娘："等着我！我会回来的！"

新嫁娘含泪点点头，用家里刚刚收割的稻草，熬夜为丈夫打了一双草鞋。草鞋的式样很特别，一般草鞋都是镂空的边缘，她却密密实实编了好几条辫结拦在那里，这样草鞋就可以很好地包裹住丈夫辛苦奔波的脚了。她取下头上的红头绳，将它们弄成一片叶子的样子，和一个她刚刚学会的"王"字的样子，一起编进草鞋的底部。她姓叶，丈夫姓王。她要让它们亲亲密密依偎在一起，

水流轻轻 039

陪伴丈夫经历枪林弹雨。

丈夫离开了家乡。一年，一年，又一年，杳无音讯。

新嫁娘牢牢地守在家里，从来不敢离开村子一步。一年，一年，又一年，死死地等待。

时间过得真快啊，快到就好像只剩下一个季节，快到就好像她只剩下一件事情，那就是，在辛苦劳作了一年后，每到金秋收割时节，她都要选用最新鲜、最漂亮、最结实的新稻草，给出远门的新婚丈夫打一双新草鞋。她没有了红头绳，就寻找各种各样的碎布条来替代，这些碎布条五颜六色的，摆出来的图案都一样——一个"王"字，边上伴着一片小小的叶子。

而时间过得又是多么慢啊，慢到新嫁娘一头乌黑的头发，硬是被岁月的风霜，一根一根全部染成了白雪一样的颜色。

战争早已结束。新嫁娘变成了很老很老的一位老奶奶。

每当太阳很好的日子，老奶奶就要将她的草鞋搬到门口的太阳底下晒太阳。她担心草鞋发霉，还担心有小虫子来啃她留在鞋底的那些特殊的记号——那可是她留给新婚丈夫的记号呀。

同样的一个有大太阳的日子，她刚刚把她的草鞋搬到门口的一棵三角梅边上摆好，她自己刚刚坐上一把小椅子想陪着她的草鞋们一起晒太阳，一抬头，发现一个奇怪的小姑娘站在她面前，小姑娘剪着男孩子一样的短头发，脖子上挂着一架电影里打仗用的小炮筒一样的玩意儿。她盯着自己和那些草鞋看，就好像发现了一件稀世珍宝。

这个小姑娘，就是安西。

老奶奶很高兴有一个陌生的小姑娘突然出现在她的面前。说实在话，她真是太寂寞、太寂寞了。村子里的人都走得差不多了，留在村子里的人也没人再对老奶奶和她的草鞋感兴趣了。老奶奶是多么想对人说说她的草鞋们的故事呀！

安西怎么也没想到，偶然的一次拉肚子，却让她听到了这样的一个故事，一个躲在偏远的乡间、埋藏了几十年的故事！

她看着老奶奶，看着她花白的头发，看着她树皮一样布满皱纹的脸庞，轻轻地、轻轻地问她："那新郎官到底为什么一直没回来呢？奶奶您为什么不去找他呢？"

老奶奶张着她没牙的嘴，满脸委屈地说："我也不晓得他为什么一直不回来呀！可我到哪里去找他呢？"

是啊！天大地大，老奶奶怎么可能去找他呢？安西觉得自己真是问得太傻了！

"再说，他说过让我等着的，他说他一定会回来的呀。我就一直待在村子里，哪儿也不去。"老奶奶又加上一句。

说这句话的老奶奶，不再有委屈的神情。她天真的样子，就好像一个相信一切的小孩子。

安西一下子觉得心里好难受，好难受好难受。她端起相机，轻声地、像怕惊醒一个梦一样问老奶奶："我可以给您和您的草鞋拍张照片吗？"

"哦，是给我和我的草鞋一起拍照呀？那敢情好！"

老奶奶赶紧整整衣襟，坐正身子，她的那些草鞋们陪在她身边，他们一起对着镜头微笑。

透过模糊的泪眼，安西对着老奶奶和她的草鞋们揿下了快门。

七

童东和安西成了新闻人物。

因为他们的两张照片，让两位苦苦等待寻觅了几十年之久的老人重新相聚了。

所有的新闻媒体上，都将这件事称为"镜头下的奇迹"，将童东和安西称为"创造奇迹的中学生"。

田田老师为此专门开了一场主题班会课。她总结发言说:"很多我们觉得像奇迹的事情,它们其实就在我们身边,在一些我们不注意的角角落落。所以,我希望大家都能像童东和安西同学一样,不要做只埋头书本和只关心自身的人,希望大家将自己的眼光放开一点,将自己的脚步放远一点。希望我们每个人都能在平凡的生活里发现奇迹。"

童东和安西跟全班同学一样,坐在座位上静静地听着。

田田老师说得多好啊,但在他们心里,好像这些还不够。在他们心里,那些裹挟着岁月和硝烟的故事、那些难以想象的艰辛和孤独、那些长长的等待和遥远的坚守,就像山间持续不断吹过来的风一样,在他们心底源源不断地回响。

藏在树丫里的钟声

一

程小强等在程坊小学的校门口。

说是校门，其实早已经没有门了，只有以前固定铁门的两堆砖墙还杵在两边。校园的围墙也还在，不是砖的，是黄泥巴夯成的土墙，矮矮的一圈，围住小小的校园。

现在的程小强觉得校园的围墙矮，当年在这里读书的时候他可不觉得矮，那个时候他们几个踮起脚尖还够不着围墙呢。他们几个，是指程小强、程祥生、程盛大，当年他们在程坊小学，被称为三大金刚。

程坊村的人，绝大多数都姓程，基本没有外姓。据说，很多很多年以前，他们都是一个祖上的，几百年以来繁衍生息，就演化出了这么大的一个村庄。村庄大不大不是随口乱说的，是有证据的，最大的证据之一就是程坊小学，只有人丁兴旺的大村庄才会设立小学，程坊村周围其他几个小村庄都是没有小学的，他们的孩子都要到程坊小学来念书。

所以，在程坊小学念书的姓程的孩子，就会格外神气。特别是三大金刚，不仅是神气，还格外淘气。所有上树抓鸟下水摸鱼的事儿都少不了他们。

可是他们再神气，再调皮捣乱，他们也休想沾到操场中央那棵老樟树上挂着的大铜钟的一点点边。

他们几个当初为了能够亲手拉响那个大铜钟，天知道想了多少法子！

可是，在校六年，他们竟然一次也没有得逞！大老程盯他们，简直比盯校园里那只贪吃的野猫还紧！

想到这里，站在校门口等人的程小强忍不住笑起来了。

他伸长脖子，朝校园里面瞧。不知大铜钟还在不在？大老程呢？学校已经空了六年了，他应该早就离开校园了吧？

老樟树还在围墙的西北角稳稳地站着，一步也没有挪过窝。这棵老樟树谁也说不清楚有多大岁数了，只知道在爷爷的爷爷的爷爷小的时候就长在这里了。粗壮的树干几个人合围也抱不过来，粗糙皲裂的树皮闪着岁月积淀下来的黑黝黝的沉光，盘根错节的根须很不老实地爬到地面上,好像在探头张望身边一茬一茬孩子跳跃奔跑的身影。

现在正值盛夏,老樟树的每一片叶子都长到最旺盛的状态,它们密密匝匝簇拥着树枝,掩盖了老樟树的一切秘密。程小强怎么也看不清楚那个大铜钟是否还挂在那高高的枝丫间。

那个大铜钟,不知是从哪里来的,也不知是何时就挂在老樟树上的,反正程小强他们刚进校门时它就在那里了,一直到他们小学毕业离校,它也还稳稳当当挂在那里,就好像它本来就长在那里似的。这个大铜钟可是程坊小学的宝物,它拥有说一不二的绝对的话语权——

如果是六声急促而粗短的钟声,那就是告诉你现在上课了,所有的人必须通通跑步进入教室;

如果是六声缓慢而悠长的钟声,那就是告诉你现在下课了,大家可以走出教室去舒舒筋骨了;

如果是一声长两声短的组合钟声,那就是告诉你现在是早操时间,所有的人赶紧到操场集合!

如果是一声短两声长的组合呢,那就是告诉你今天所有的功课都完成啦,现在是课外活动时间了。

课外活动一结束,大铜钟就会准确无误地响起八声不长不短、却一声比一声响亮的钟声,就像在庄严地宣告:清场了清场了,

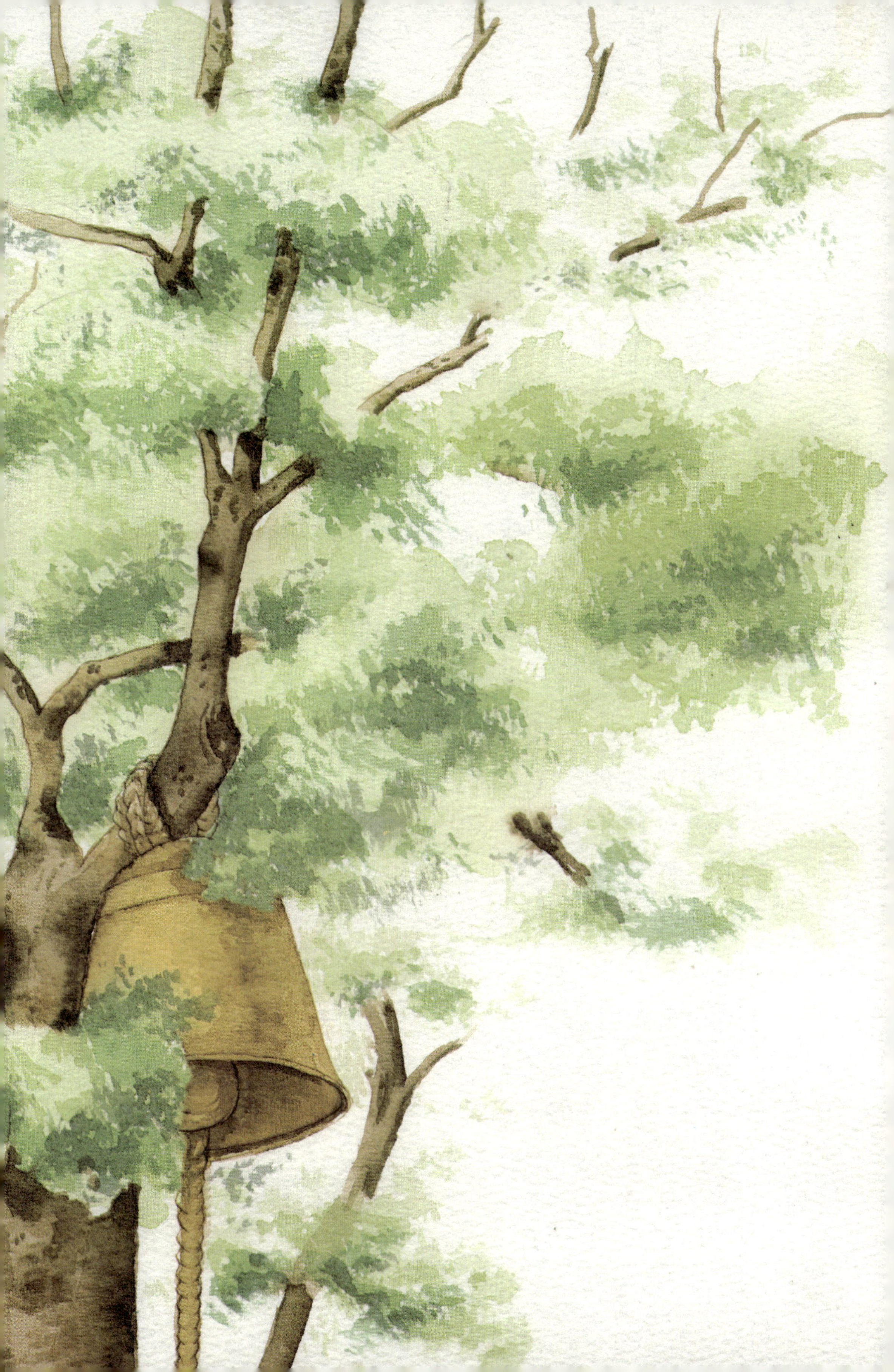

所有调皮的不调皮的高兴的不高兴的得了表扬的挨了批评的孩子请全部离场，我的主人要关门了！

确实，大铜钟只忠实于它的主人。或者说，只有大铜钟的主人才能敲响它。程小强他们在校六年都沾不到大铜钟的边，也是因为这个主人的缘故。

大铜钟的主人，就是大老程。他小时候命苦，爹娘早逝，他还是个驼背，靠东家一口饭西家一口汤长大成人。等到他丧失了劳动能力，村里就照顾他进程坊小学做了校工，掌管大铜钟，兼带负责门卫和清洁工作。他就把他简陋的家安置在了教学楼后面一间临时搭出来的木屋子里。

六年了，大老程还在校园里吗？在程小强他们离开程坊小学六年的时间里，在这个大铜钟不再需要敲响的长长六年的时间里，大老程还会在校园里吗？

程小强再次伸长脖子，朝校园深处教学楼的方向使劲瞅。可是，大老程的小木屋被教学楼的围墙挡住了，程小强完全看不到。

校园里静得连鸟叫声也没有，操场的跑道已经被齐人高的野草淹没。完全看不出还会有人住在这里的痕迹。

那两个家伙怎么还不来？程小强看看手表，焦急地抬眼望向通往村外的那条窄窄的水泥路。

程祥生和程盛大的身影还是没有出现。

二

程小强到达程坊小学门口的时候，瘦瘦的程祥生和胖胖的程盛大正在附近镇子上的一家小杂货店里买东西。

长到现在高中毕业，这是他们第一次给人家买东西，所以他们很发愁，实在不知道应该买些什么。

买东西的主意是在程祥生和程盛大穿过镇子街道熙熙攘攘的人流和各种摊子时突然冒出在程祥生的脑海里的。他说："我们既然是去看大铜钟和大老程，应该买点什么东西带着吧？"

程盛大搔搔头："看大铜钟不需要买什么东西，不过看大老程好像是应该带点什么。"

所以，两个人就一起走进了边上的一家小卖部里。

店主是个精明热情的中年女人，她看这两个半大小子在店里兜了几个来回还是一脸茫然的样子，就问他们："你们是要买什么东西吗？"

程祥生挺不好意思地说："我们要回学校去看望一位老人家，不知道该带点什么……"

程祥生话音未落，女人立刻眼疾手快地抓起一瓶水果罐头、一包营养麦片、一包芝麻核桃糕、一包老年营养奶粉，一股脑儿塞到他们手上："这些东西，都是去看老人用的，又实惠又不贵。"

"哦……"程祥生和程盛大傻乎乎地伸手接着这些东西。

女人突然问他们："回学校看老人家？是不是看程坊小学的大老程？"

两人一起惊讶地瞪大了眼睛看着女人："啊，你怎么知道的？"

女人说："听你们口音是程坊村的，我也不知为何突然就想到了大老程。"女人的声音轻下来，"说起来，我已经好些年没有见过大老程了。"

两人眼珠子都快要瞪出来了："啊，你认识大老程吗？"

女人眯着眼睛笑起来："我怎么可能不认识大老程？我也是程坊村的人啊，我在程坊小学念了6年书，听他敲了六年的钟呢。那时候他把那铜钟看得可真紧啊，我们几个女孩子多么想拉一下那根粗麻绳，偷偷敲一下那个大铜钟，可是，我们一次也没有机会呢！"

程祥生和程盛大对望一眼，哈哈大笑："你们那时也那样？我们也一样啊！他总是把那粗麻绳盘一个很大的结，用那把长叉子叉到高高的树丫上，我们想尽了各种办法，想偷他的叉子，或者想让他忘记把绳结叉上去，却一次也没有成功过！"

共同的回忆让女人两眼放出异样的光亮："看来一届一届都一样啊！只有到毕业的时候，大老程才让我们每个人好好地过了一把瘾。"

两个男孩一起使劲点头："对对对，我们也是毕业离校的那一天，大老程让我们排好队，让我们一个一个拉着粗麻绳敲响了铜钟，终于解了我们的心痒手痒。"

原来，这么多年都是一样的，这是大老程送给每个毕业离校的孩子一份特殊的礼物呢！

三个人一下子都不说话了，他们一起沉浸到那遥远或并不遥远的过去，他们张大眼睛，凝神静听，好像听到大铜钟的声音在那熟悉的地方一下一下沉沉地响起——

当——当——当——

三

当——当——当——

大老程右手在上、左手在下，牢牢地抓住那根连着大铜钟的粗麻绳子，身体微微倾斜成一个好看的角度，奋力仰起被驼背压

迫的头颈，枝丫间漏下来的一缕阳光正好打在他的脸上，照得那张古铜色的布满皱纹的脸闪烁出一种神奇的光亮。他双手同时牵扯绳子，大铜钟发出了六声急促而响亮的声音。

上课了。

在操场上四散游玩的娃娃们都撒腿朝各自教室的方向猛跑。

大老程满意地放下绳子，一扭头，发现他身后有三个男娃，正目光闪烁不定地看着他。

又是这三个男娃！

"上课了，你们还不赶紧进教室？你们想干吗？"大老程瞪起了眼睛。

三个男娃朝他吐一下舌头，转身就跑。

嘿，反了天了！这几个娃难道又在动什么新的鬼脑筋了？

这三个男娃，四肢细长，面孔黝黑，都长着一双滴溜溜转动的黑眼睛，一看就是调皮生事的家伙。大老程多次发现他们试图对他的铜钟图谋不轨——

起先是跟他嘻嘻说笑，套各种近乎，中心思想只有一个：能不能让我们试拉一下那个躲在大树上的大铜钟啊，我们一人拉一下就成！

大老程无奈地摇摇头，看来每一茬孩子的好奇心都一样的啊，都想着要拉一下大铜钟。他只好耐心地、第几百几千遍地给他们讲起了道理："这个大铜钟可不是拉着玩的啊，它是一个学校的纪律，是上课、下课和各种活动的提醒，千万不能玩的。它还是我们程坊村的计时器呢，村里人一听到学堂里的钟声，就知道是什么时辰，就知道该干什么活了。还有人会根据我们的钟声约事情呢，所以，这个钟是谁都不可以玩的！"

一大半孩子听到这样郑重其事的解释，都会哦一声，从此放下了这桩心事。可这三个娃娃不一样，大老程明明看见他的解释在娃娃们眼里燃起了更加强烈的光亮。

"等到你们毕业离校的时候，我会让你们每个人都敲十下钟的。"大老程赶紧承诺。

这个承诺对剩下的一小半还放不下心事的孩子很管用，他们从此放下了心事。可是，这个承诺对这三个男娃还是没用。

"等到毕业，那要到哪个猴年马月呀！"其中一个嘀咕。另外两个很有些愤愤不平地点头赞成。

大老程只好瞪起眼睛，凶巴巴地告诫他们："总之，你们休想动大铜钟一下！否则我可不客气呢！"

大老程说完，就不再理他们，只顾自己将长长的粗麻绳盘成一个结实的绳结，然后举起靠在树干上的长叉子，将绳结叉到了一根高高的枝丫上。

哼，这么高的树，这么高的枝丫，只要他大老程每次记得把长麻绳盘好叉上去，再把长叉子管理好，谁也休想动一下大铜钟。

大老程举着他的长叉子神气地转身离去，三个男娃眼巴巴地盯着他。他仿佛听到了三个男娃吞咽口水的声音。

从此，大老程就对这三个男娃留了心。

这一留心，还真看出了不少名堂。

有一次，课外活动时间，他看见这其中的两个家伙托着另外一个家伙的屁股，把他使劲往树上推。老樟树太大了，那个张开四肢扒在树干上的家伙，就像一只小小的蚂蚱。他的四肢再灵活有力，在老樟树身上也完全使不上劲。

大老程悄悄走过去，在他们背后一声大喝："你们这是想爬到树丫上去吗？"

三个家伙吓了一大跳，一齐回头看着他。

"爬到树丫上偷下我的麻绳好敲钟玩是不是？"大老程瞪起了眼睛。

"不是啊……"那两个家伙吓得一松手，扒在树上的家伙结结实实摔了一个屁股墩。两人拉起他，一溜烟跑了。

还有一次，也是课外活动的时间，大老程远远地看见有三个男娃在大树一侧的围墙边忙活，走近一看，嘿，又是这三个娃娃。还是老一套，两个娃娃托住另一个娃娃的屁股，上面那娃娃抓住墙头，一使劲，翻了上去。

翻上墙头的娃娃慢慢站起身，伸出双手去够头顶上老樟树的大树丫。可是他只能够着几片叶子。

这一次大老程没有大声吆喝，他怕吓着墙头上的娃娃。他很温柔地朝他们笑："哎，下来吧下来吧，你们够不着的。没见挨着墙头的一根枝丫早就被我砍了吗？"

娃娃们沮丧地看着大树干上那个大大的圆圆的疤痕。站在墙头上的娃娃正是程小强，他是三人中的小头目。他哀号一声，一屁股坐下来，反转身，双手抓住墙头，哧溜一下就滑下了围墙。

大老程冲他们挥挥拳头，努力挺直自己的驼背，踱着方步离开了。

真奇怪，那个时候个子怎么会那么矮呢？好像一直到小学毕业的那一年，他们几个还得踮起脚尖才能勉强跟围墙齐平。乡下的娃娃，大概是因为要干很多农活的原因吧，小时候个子都很矮。程小强是到初三的时候，才突然发力一下子蹿高的。而程祥生和程盛大现在怎么样了呢？应该也长得很高了吧？至少，应该比眼前的这个围墙高了吧。

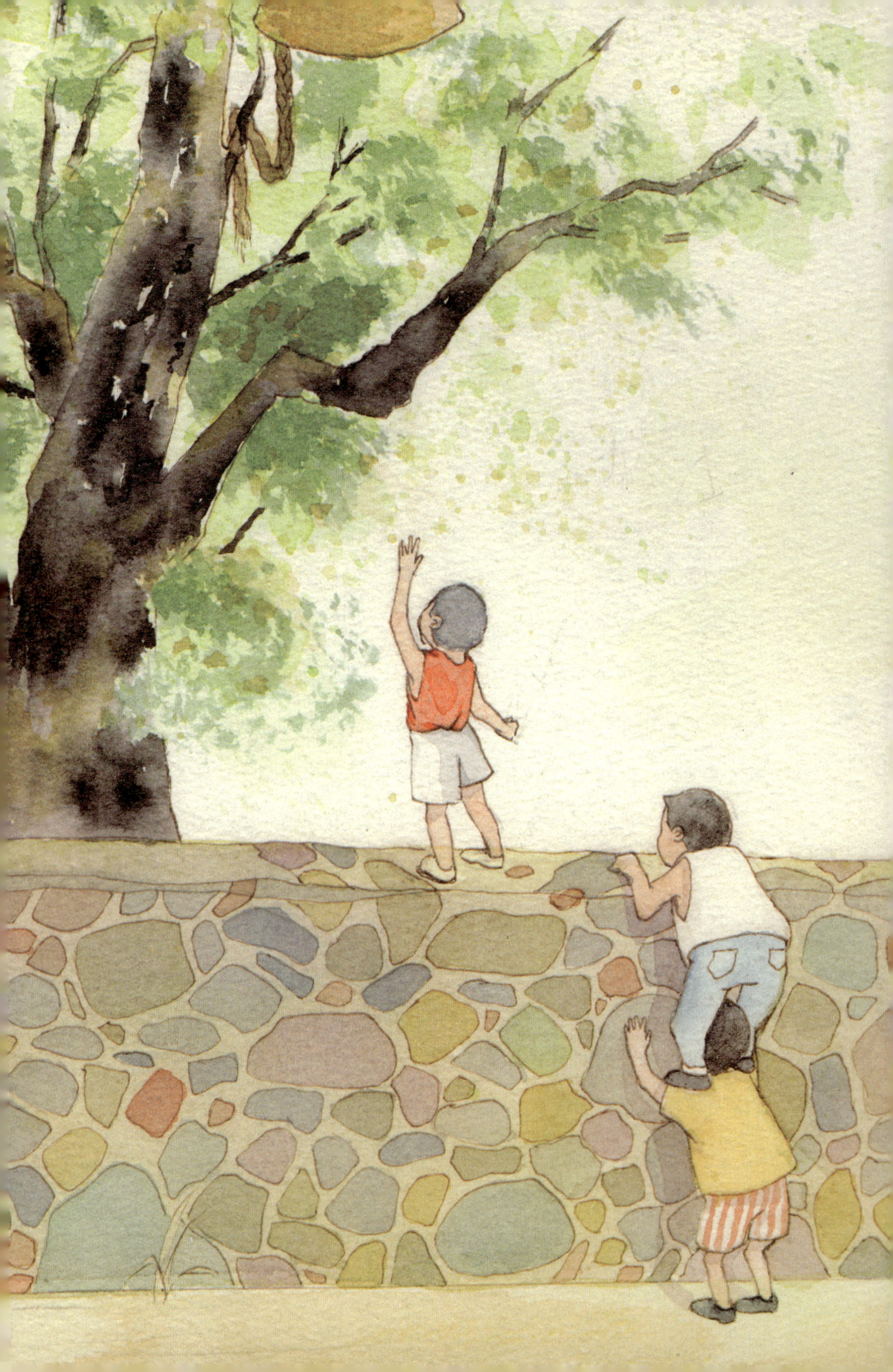

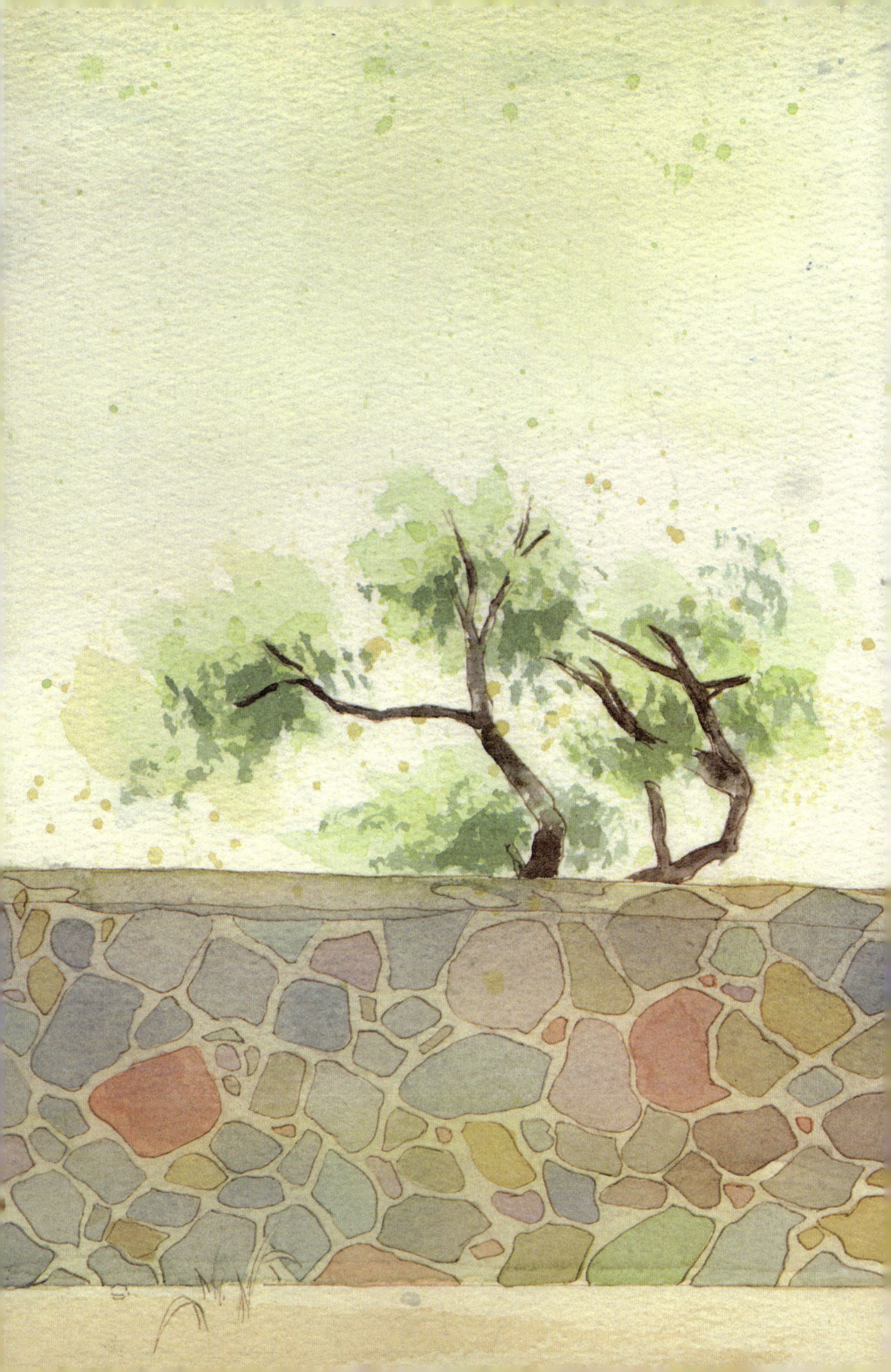

本来站在校门口等人的程小强现在已经不自觉地离开校门，站到了围墙边上。现在，他不用踮脚尖，他已经比围墙整整高出一个头了。

透过围墙，他仿佛看见当年小小的自己，还有同样小小的程祥生和程盛大。他们三个人蹑手蹑脚地跟在扛着长叉子的大老程身后，企望着大老程将他的叉子遗忘在某个地方……

四

嘀零零……

程祥生口袋里的手机响起来，将三个陷入回忆的人唤醒了过来。

程祥生看看手机屏幕，告诉程盛大："小强打过来的。他肯定急死了。"然后接起了电话，"我们就在镇上，骑车10分钟就过去了。我们想买点东西带给大老程呢。马上就好了，你一定要等着我们，不许先进去啊！"

他们约好了在校门口等，一定要三个人一起走进校园的。程小强再急，也得乖乖在门口等着。

"老板娘，我们要走了，麻烦给我们结账吧。"程盛大说。

"好的好的，"女人一边嘴里答应着，一边却再次睁大眼睛盯着两个男孩看,"不过,你们是谁家的娃啊?我怎么不认识你们的?"

两个男孩莫名其妙地看着女人:"我们也不认识你啊……"

女人轻轻叹了一口气:"现在,连同一个村的人相互都不认识了呢……以前别说人,哪家的鸡啊狗啊牛啊也都是相互认识的。我家里穷,小学毕业就外出做工了,不过每年我都回去的,那个时候村子里还好热闹,谁家生娃、谁家娶亲,大家都凑一起热闹庆贺。后来村里人一个一个都外出了,村子里人越来越少,我也好些年没回去了,现在回去也找不到人了。"

可不是嘛!程盛大和程祥生小学毕业以后也跟着爸爸妈妈到外地去了,程盛大到江苏,程祥生到浙江,他们在爸爸妈妈的打工地生存下来,渐渐把自己当成了当地人。可当地人并没有把他们当成是当地人啊,无论什么时候,他们都喜欢有意无意加上一句,他们外地来的。弄得他们脸上总是讪讪的。程小强算是离程坊村最近的,他跟着爸

爸妈妈到了县城里，但就连他们，一年也难得有空回程坊村一次。

就是因为这个原因，曾经生龙活虎的程坊小学也关门了，因为没有学生了。程小强他们是这个学校最后一届毕业生。

"听说程坊小学早就撤销了，你们去看大老程的话，那大老程还在学校里呀？"女人问两个男孩。

"呃，我们也不知道，就是高中毕业了，大家突然想回去看看学校，看看大老程，看看那个大铜钟，就约了今天一起回来。"程祥生回答。

其实，他们三个人，在小学毕业离校六年的时间里，也一次都没有见过呢。

"这样啊。"女人有点不好意思地从他们手里抓回来两样她刚才塞给他们的东西，"那你们买两样也就差不多了，也不知道大老程在不在呢。"

还没等两个男孩回过神来，女人又将两包东西重新塞回到他们手里："这样吧，这两样算我送给大老程的，以前我在学校的时候大老程对我很好的，那次毕业离校，他还特别让我多

敲了两次钟呢。"

两个男孩被女人反复不定的动作惹得笑起来了。他们友好地点点头。

五

三个昔日的调皮大王静静地站在那棵粗大沧桑的老樟树下。

老樟树好像粗了好大一圈，又好像并没怎么变。对于一棵不知道年龄的老樟树来说，也许六年的时间，根本不算什么吧。

不像人，六年的时间，让他们一下子长大成人，相互差点都认不出来了。

三个人有点手足无措地盯着那根无力地从树丫间垂挂下来的长麻绳子。

说真的，他们一路都在想象那根曾经折磨了他们整个小学期间的长麻绳子现在的命运。他们觉得，长麻绳子要么还好好地被遗忘在树丫上，要么就直接消失了。他们从来没想到过，长麻绳子会像现在这样随随便便垂挂在这里，唾手可得。

这样的情景，令他们感觉心里莫名其妙地难受。

程小强走上前去，双手轻轻地抓住了长麻绳子。

粗糙结实的手感，和毕业敲钟时留在记忆里的一模一样。

双臂轻轻往前送,再往回拉——

当!

多么熟悉的钟声!它在老樟树宽大的树梢上停留了片刻,便滑向操场,掠过操场边高高的杂草丛,跃出破损的围墙,飘向不远处空空荡荡的村庄……

没有任何动静响起。就好像钟声根本没有敲响。

不会再有急促的奔跑声,抓住最后几秒钟的打闹声,不会再有一双双好奇的眼睛望向树冠,想看清楚大铜钟究竟是怎样工作的,也不会再有一双双不安分的手,想时时刻刻抓住长麻绳来这么几下子……

不对,不对,并不是没有一点声音——有急促的脚步声奔过来了!伴随着粗重的喘息声!

三个人惊讶地回转身。他们看到了——

大老程!

对，就是大老程，他们一眼就认出他来了。尽管他的背更驼了，他脸上的皱纹更深了，他的头发已经快要掉光了。他双手抱着一捆杂草，就这么喘着气一路狂奔过来了。

"是谁在敲钟啊！"他大喊。

三人吓了一大跳。

程小强条件反射般赶紧扔掉了手上的绳子："对不起，我不该乱敲钟。"

"你们是谁呀？"大老程呆呆地看着他们。显然，他并没有认出当年那三个让他头疼的调皮大王。

"我们是以前在这里毕业的学生。"程祥生代大家回答。

"总算你们还记得这里！"大老程突然瞪起了眼睛，"这算是怎么回事？好好的学堂说关门就关门，好好的家说离开就离开，这下好了，学堂空了，村子也空了，人都不晓得跑哪去了。老祖宗的地盘，说不要就不要了……这钟，你们爱怎么敲就怎么敲吧，反正也没人听了……"

三个人不知该怎么接老人的话，只能呆呆地听着。老人最后一句话，突然令他们心里好难受。

"你们是特意回来看大铜钟的？"老人态度和缓了一些。

三人点点头。程盛大赶紧加上一句："还来看您的。"

程祥生赶紧很配合地递上送给大老程的礼物:"这其中两包是我们三个人看您的。另外两包,是镇子上一家杂货店老板娘送您的。她说以前她也是程坊小学的学生,听您敲了六年钟。"

老人意外地怔住了。他看着眼前三个陌生的男娃,嘴唇都有点颤抖了:"谢谢你们还记得我,真想不到……"

程小强从老人怀里接过他抱着的一堆杂草,程祥生将装礼物的马甲袋塞到老人怀里。

"您在拔草吗?"程小强有点奇怪地问。

"是啊,我刚才在那边操场边清除杂草来着,突然听到钟声响了,草都忘了放下就跑过来了。"老人有点不好意思地说。

"学校不是废了吗?干吗还清除杂草?"

"说是废了,可万一有一天大家都想家了,都回来了呢?那学校不是又要开门了?这么满操场杂草可不行啊!"老人很坚决的样子。

啊?老人怎么会有这样的想法?

三人面面相觑。

"这野草真是个讨厌的东西,我每次都是连根拔除的,可每年一到春天就疯长!到夏天就把整个操场都遮住了!我得赶在开学之前拔得干干净净的。万一娃娃们回来念书了呢?"

满操场的野草都要拔除!那得费多少劲啊!以前,拔草是一项艰苦的劳动，四五六年级的学生开学前一天都得到学校来除草，要劳动整整一天。

程盛大忍不住叫起来："可是程爷爷，大家都不会回来的呀！"

"谁说的？"大老程再次瞪起了眼睛，看着他们，"你们这不是回来了吗？告诉你们，有出去的就会有回来的。回来的多了，学堂自然就要重新开了。"

程盛大张张嘴，一下子却又无法反驳大老程的话。

程小强拉拉程盛大的衣袖，不让他再说下去。

程祥生说："要不，我们今天就跟程爷爷一起除草吧。也算是没有白回来一趟。"

大老程立刻咧开嘴巴笑起来："那敢情好！说实在话，我一个人拔草还真担心开学以前来不及了。你们能来帮忙太好了！"

大老程说完，转身就走。

三人跟在老人身后，朝杂草丛生的操场走去。

太阳已经西斜了，将一老三少的影子拉得长长的，打在校园粗粝的地面上，好像打上了一个特殊而强烈的记号。

小青

一

刚接手四年级这个班没多久,我就发现班上一位名叫小青的女生特别活跃。

有好几次,我在课间经过教室外面走道的时候,听到教室里传来非常响亮而夸张的笑声,探头一看,正是小青在笑,只见她手舞足蹈地站在座位跟前,张着一口微黄的牙齿,一张黑黝黝的脸蛋笑得红彤彤的。

看到我从门口探进头来,她不仅没有收敛,反而笑得更厉害了,甚至还朝我含义不明地挥了挥手。

有什么事情这么好笑?这挥手算是表示友好还是挑衅?

我皱皱眉头,却缩回了头,转身继续走我的路。

我现在心情不好，不想管任何闲事。

来到这所穷山恶水的学校以后，我经常心情不好。

我是一名文艺女青年，高中的时候梦想考上一所名牌大学的中文系，后来却只考上了本市一所名不见经传的师范院校；师范毕业的时候梦想进到一家名牌杂志去做一名赫赫有名的文学编辑，现在却被打发到没人愿意来的这所大山深处的小学当了一名吃粉笔灰的教书匠。

所以，我有理由经常心情不好。

心情不好，很多事情就会表现出迟钝。比如，接手这个班差不多一个月了，我还基本叫不出班上孩子的名字。

但这个名叫小青的女生，却好像有意要打破我的迟钝，她以各种方式试图唤起我的注意力，让我时刻感知她这个人的存在。

除了课间的喧闹，在课堂上她更是不甘示弱。提问的时候，她总是把手举到最高，不仅脸上眼睛里全是急切的神情，她的全身还在不安地抖动，好像不叫她起来回答问题她就要不行了。我总是被她如此明确的肢体语言所感染，不由自主地就指向她，请她起来回答问题。可有时候我并没有提问，只是稍微带点引导和疑问的口气，她却也迫不及待地举手，有时甚至等不及我叫她的名字，她就自己站起来说上一大通，引来班级一阵哄笑。

我恼羞成怒，有一次忍不住狠狠地责备了她一顿。

没想到的是，我责备她的时候，她一点儿也没有生气的表示，她一直目光炯炯地看着我，一个劲地点头认错，她眼睛里的神情恳切而激动，就好像，批评她也是她的一种荣耀，因为，此刻，课堂为她而停止，全班所有的人都在关注着她。

我被自己这样的感觉吓了一大跳。

这孩子莫不是患有什么毛病？比方说，多动症？

不对，这不是多动症，这是比多动症更高级的一种形式，一种时刻想突出自己、表现自己的病症。

我从来没有见过一个乡下孩子如此想要表现自己的。

在我的识见里，乡下孩子、特别是乡下女孩子都是腼腆安静的，她们缩在自己的角落里，完全不想引人注意。在我们师范院校里，就有一些这样的乡下同学，他们低眉顺眼，沉默寡言，师范

三年基本上没有存在感。

何况，小青还是我们这里最深的山里的孩子，一个从来没有走出过自己村庄的孩子。

唉，不管了，只不过是一个喜欢表现自己的孩子而已，我管那么多干吗？我自己的事情还管不过来呢。

二

我自己的事情，主要是指作为一个文艺女青年，必须要进行的写作的事情。

在师范院校读书的时候，我一有空就奋笔疾书，写下了一部厚厚的融合了穿越、奇幻、爱情、复仇、冒险在内的长篇小说。可是，毕业离校的时候，我却一把火把这部手稿全部烧了。因为王八蛋说，这部作品看起来庞大复杂，实际上却是空洞无物、无病呻吟、胡编乱造，一句话，缺乏真挚的情感和体验在里面。他还说，你为什么要写这么一些大而无当的东西？写点有情感有体会的小东西不行吗？我虽然非常恼怒，但在心里，我知道王八蛋说的是对的。因为在整个写作的过程中，那种空虚的感觉一直在袭击我。那个长长的故事是我作为一个文艺女青年硬生生在学校的灯光下强写出来的。它们甚至都没有感动过我自己。

不知谁说过，连自己都感动不了的作品，还想去感动别人？

王八蛋是我这部手稿唯一的读者。

王八蛋大名叫王强，挺好的一个名字，却不知为什么被人叫成了王八蛋。他是我在师范院校里唯一的文学知己。

王八蛋这个王八蛋运气真好，他因为在我们本市一家小刊物上发表过两篇情真意切的小散文，毕业的时候就留在了那家刊物做编辑。虽然不是名刊名编，却也够让我眼红的。

我起程前往这所山沟沟小学报到的那天，王强送我到汽车站。他双手叉腰，意气风发地说："谢小妮我觉得你到那样一个最基层的学校去很好的，你会接触到很多不一样的人和事，这会给你带来很多写作素材，对你的写作一定有很大好处！"

我眼睛一翻，毫不客气地说："那你怎么不去？要不我俩换换？"

王八蛋慌忙往旁边一闪身，好像我真的会玩换身魔术一样。"哎呀我的姑奶奶，杂志编辑是谁都能做的吗？那必须是要发表过作品、有一定水平才可以的呀！"

我飞起一脚，准确完美地踢在王八蛋的后小腿上，那里全是肉，除了痛，踢不坏。

王八蛋哎哟大叫一声，蹲下身一把捂住自己的小腿。他一边龇牙咧嘴地抚摸小腿，一边还仰起头，慷慨激昂地说："谢小妮我知道你心情不好，你想踢就踢好了，我不会回踢你的。但是我想说，你如果真的热爱写作的话，就不要轻易放弃哦！一定要坚持坚持再坚持！"

哎，好吧，我服了！这个王八蛋！

我也就一脸慷慨激昂地朝他点点头。

可是，事情说起来都是很容易的，如果做起来像说起来一样容易，那么这个世界上到处都是功成名就的人了。

我躲在操场边上一片幽静的小树林里，抬头望望重重叠叠高高地横在四周的山峰，长长地叹了一口气。

我们这所乡村小学，坐落在四面环山的一个小小的盆地里。老天爷好像对这片土地特别吝啬，既不肯赐予平地，也不肯赐予泥土，连雨水的赐予都小气得很，总是下那么几滴就匆匆忙忙收场。这里到处都是石头山，山上稀稀拉拉胡乱生长着一些不入眼的耐旱小灌木，只是在山与山的连接之处，会出现一小块一小块的平地，这些平地都被勤劳的人们种上了庄稼，学校占据的这个小盆地也是其中之一。

连土地都那么贫瘠，王八蛋居然还让我在这里寻找写作素材呢！看来人家叫他王八蛋果然没错的！

我愤愤地朝周围沉默的山峰挥了挥胳膊。

不过，凭良心说，这里也有一样东西是让我非常喜欢的，那就是，每天湛蓝湛蓝的天空。

啊，我从来没有见过这么蓝这么蓝的天空！

从最遥远的天边一直到天空的正中心，都是一样的蓝色。如果用一柄长长的剑刺进去，即便刺得再深，我相信里面也还是一样一样的蓝色。

在来这里以前，我从来没有好好注意过天空，以前的天空都太普通了，我没有理由要去注意它。而现在，头顶的那片蓝总是在诱惑我，我一抬头，就会被它粘住视线，半天也无法挪动。

这样每天都殷勤地蓝着的天空，是应该有一副好心情来相配的呀！

所以，每当这时，我就让自己的心情变好一点。

不，应当说，是那片蓝色让我的心情变好了一点。

三

小青竟然跟六年级的女生干了一架。

是六年级一个人高马大的女生，她比小青足足高出大半个头，胳膊比小青足足胖了一圈。她正双手叉腰，气势汹汹地冲小青嚷嚷："你敢再惹我弟弟试试！"

在她的身边，站着一个小小的男孩。看样子应该是刚进校的一年级学生。男孩子长得虎头虎脑的，圆圆的脸蛋，圆圆的下巴，圆圆的小鼻头，一双漆黑的眼睛滴溜溜转着，无辜地看着周围围观的人群。

　　小青站在高个女生的对面，她的一只辫子散了，红领巾歪在

一边，黑红的脸蛋上淌着两道脏兮兮的泪痕。她身前的地面上，散落着几粒彩色玻璃纸包裹着的糖果，看上去很廉价的那种。

"我没有别的意思，只是想给小弟弟吃糖。"小青声音很低地解释，蹲下身去，想捡拾地上的糖果。

没想到高个女生踏步上前，一脚踩在散落的糖果上面，还使劲碾压了一下："你没有别的意思？那你为什么一天到晚盯着我小弟弟不放？你究竟想干什么？"

小青哭起来了，泪水顺着脸上脏兮兮的泪痕往下淌。她用力去掰女孩踩着糖果的脚："不要踩我的糖果……求求你，别踩……"

我实在看不下去了，我最讨厌恃强欺弱的行为。我拨开前面围观的同学，两步上前，大喝一声："你们这是在干什么！居然在校园里打架吵闹，成何体统！"

两个人都惊吓地抬起头来看着我。

我的眼光锁定高个女孩，凶巴巴地训斥："你一个人高马大的高年级女生，欺负一个瘦小的四年级同学算是怎么回事？你也不知道脸红？"

高个女生赶紧收回自己踩踏糖果的脚，嚅嗫着说："我没有欺负她，是她老是惹我弟弟……"

趁这空当，小青飞快地捡拾起地上的糖果，转身就跑。

"喂……小青，你跑什么！"我有点生气地朝她的背影吆喝，可是她跑得更快了，转眼就拐进了教学楼里。

我只好悻悻地转身，重新训斥高个女生："她怎么惹你弟弟了？她不是说了只是给他吃糖果吗？人家一片好意，你要这么踩人家糖果干什么？"

"不只是糖果，她还给我吃红薯片、蚕豆、花生呢……"一直站在一边转着眼睛看着的小男孩突然插话了，"她还说想星期天放假的时候带我到镇子上去玩……"

高个女生一把将小男孩拉到自己身边，一双手把他牢牢地圈在胸前："这个女生一看脑子就不正常！我弟弟到学校报名的第一天，她就盯上他了。她的眼睛直勾勾的，一直跟在我们身后，就像要吃了我弟弟一样，真的很可怕！上一次周末放假回家，她还跟踪过我们一次！"

啊？这是什么情况？

我只感觉自己的头脑一片混沌。

我怀疑地问："为什么呢？她为什么要盯着你弟弟？为什么要跟踪你们？"

"我不知道。"高个女生摇摇头，满脸惊惧的神色，"刚才在食堂里吃完午饭，我刚跟弟弟告别，就瞥见她在后面跟着我弟弟，我也就跟在后面看看她又想干什么。她抓出一把糖果，一定要我弟弟吃，还说，这是真的糖果，不是有毒的药……"

我听得浑身起了一层鸡皮疙瘩。

我一眼瞥见边上有两名脸熟的女生，应当是我班上的，我一把揪住她们，问："以前小青脑子有什么问题吗？"

意识到自己这样问话很不妥，我马上改口："呃……我是问，小青有什么跟大家不太一样的地方吗？"

一名女生惊慌地摇摇头："没……没有吧……不过以前她一直不爱说话的，这学期突然话变得好多……"

另一名女生补充："对了，好像听她说起过，这个小男生很像她弟弟……"

小青以前竟然不爱说话？她还有个弟弟？这都什么情况？

上课铃响了，我昏头昏脑地挥挥手，把学生们都赶跑了。

四

这件事情以后，小青像突然变了一个人似的，或者，她以前就是这个样子的？她上课不再举手发言，课间也不再喧闹嬉笑，她那张黑黑的小脸，就像深秋遭过霜打的小草，蔫蔫的，再也没有了往日的光亮。我的眼睛一看向她，她就忙不迭地垂下眼帘，明确地表示，不要理我，我不想回答任何问题。

这孩子究竟是怎么一回事呢？害我周末都不安宁。

我长长地叹了一口气，一把抓起桌上的稿纸，揉成一团，丢进桌子底下的垃圾桶里。

今天周末，我本来想照王八蛋说的那样，好好静静心，写一篇小散文的。

可是，不知为何小青的脸老是出现在我的脑海里。

我走出自己的蜗居，门都懒得带上。周末的校园空荡荡的，鬼影都没有一个。

天还是一如既往地蓝着，几朵洁白的云朵悠悠然点缀其间。我大大地吸了一口气，这里的空气一定也跟天空和云朵一样一尘不染吧。

我抬腿就踏上了校门右手边的一条山道。

这一点也是我很喜欢的。以前在城里，爬山被当成是一件奢侈的出门旅游事件，在这里呢，随时都可以踏上任何一条山道，山道的两边，有各种叫不出名字的野花野果，有各种鸟和虫子的鸣叫，有时，眼前还会突然出现一条小溪，拐一个弯，溪水又突然不见了，只听得见水流哗啦哗啦唱歌的声音。这些，都让人心里好喜欢。

这里的农户都很奇怪，他们喜欢把他们的家建在半山腰，家的周围，顺着斜坡，会被他们开垦成一小块一小块的庄稼地，而他们养的牲口呢，则喜欢像人一样到处逛。我经常会在山道上遇见一群散步的猪，或者几只爬山的羊，或者几只追逐奔跑的鸡。它们不怕人，倒是我，经常被它们吓一跳。

我给王八蛋发短信，告诉他这些事情。王八蛋回我：说真的，其实我有点羡慕你了，我觉得你一定能写出好作品来。

我笑笑，没再对王八蛋的话生气，因为我觉得王八蛋这次挺真诚，不是矫情。

至于能不能写出什么好作品来呢，我发现自己也并不像以前那么在意了。

拐过一道弯，远远的半山腰上出现了一户农家的房子。

爬到那户农家就折返吧。我给自己定了一个目标。

走得再近一些，开始出现顺着山坡开垦出来的庄稼地了。这户人家一定很勤劳，这片庄稼地里的玉米已经长得有半人高了，占满了大半个山坡。

突然，庄稼地里传来隐隐约约的哭声。

我吓了一大跳，转身就往回跑。可刚跑了两步，我又停住了。这青天白日的，而且还有人家住在这里，我怕个什么鬼？

折转身，麻着胆子往前走了一小段，透过田垄间的空隙，我看到了坐在田埂上的一个瘦小的女孩的身影。

原来是这个小女孩在哭。

可是她为什么一个人躲在庄稼地里哭啊？她这是受了什么委屈呢？她应当是我们学校的学生吧？这些住在半山腰上的农家，如果家里有小孩子的，基本上都是我们学校的学生。

天空很大，山很大，庄稼地很大，而女孩那么小，她的哭声也那么小。这样的画面突然让我心里有点难受。我站在那里，一动不动。

"小青，小青——"

突然，屋子方向传来大声叫唤的声音。

小青？我们班上的那个小青？

我还没回过神来，只见那个哭泣着的小女孩一下子站起身，用衣袖擦了一把脸，大声答应了一声，就转身跑出来了。

果然是小青呢！

她跑出庄稼地，猛一抬头，看到站在路口的我，一下子怔住了。

她的脸上，还挂着没有擦干净的两道泪痕。

原来，小青家竟然就住在这里。

五

静默地站在玉米地里一座小小的土堆跟前，我不知该说什么，也不知该做什么。我只觉得心里像被一根看不见的针狠狠地扎了一下，生疼。

这里就是小青刚才哭泣的地方。

如果不是小青妈妈告诉我，我肯定只会以为这就是一座山里随处可见的、毫无意义的土堆，我哪里料得到，这下面埋着一个小小的孩子，一个仅仅在这世间存活了三年的孩子。

他是小青的弟弟，一个长得虎头虎脑的、有着圆圆的脸蛋圆圆的下巴圆圆的鼻头的可爱男孩。

他既不是死于疾病，也不是因为溺水或车祸而亡，仅仅是因为吃错了东西。

是小青给他吃的。

那还是三年以前，小青刚刚走进小学校门的时候。她还基本不识字，所以她根本不认识瓶身上贴的标签，她根本不知道那是给家里的牛治病用的药，人是万万不可以吃的。

妈妈本来就是担心孩子们会误吃，所以才把药瓶子放在高高的衣柜上啊。那么高的地方，小孩子既看不到，看到了也别想拿到。

可是，偏偏，小弟弟眼尖，他看到了衣柜上装着粉红色"糖果"的塑料瓶子。爸爸妈妈出门赶集去了。赶集往往要一天的时间，要买回家里一个月用的米油面盐针头线脑等日用品。有时候爸爸妈妈也会带一点点糖果回来给他们吃，可大多时候都不会带，因为妈妈每次都会红着脸向他们解释："唉，要买的东西太多，钱正好不够了呀！"

竟然，妈妈在衣柜顶上藏了这么一大瓶糖果呢！

小弟弟兴奋极了，他要姐姐一定拿下来给他吃。小青也兴奋极了，她最疼爱小弟弟，小弟弟的愿望她当然要满足的。何况，她自己也好想吃呀！

小青搬来一张小椅子，站上去，不行，够不着。她又搬来一把大椅子，把小椅子放到大椅子上面，再站上去，不行，还是够不着。

小弟弟嘴巴嘟起来了。

小青想了一下，从椅子上跳下来，跑到屋后的菜园子里，拖来一根长长的竹竿。啊哈，这一下，不用站在椅子上也够得着了！

瓶子被竹竿一碰，咚一声，乖乖地滚到了地上。

小弟弟雀跃着捡起瓶子。

糖果真好看，嫩嫩的粉红色，味道呢，有点甜，有点酸，还有一点点奇怪的不知什么味道。小青和小弟弟都顾不上分辨，他们觉得很好吃。他们还是过年的时候吃到过糖果呢。

糖果吃下去没多久，两人突然呕吐起来。

越吐越厉害，越吐越厉害，好像这辈子吃过的所有东西都吐出来了。

再然后，小青就什么也不知道了。

小青醒过来的时候，是在医院里。她被洗了胃。

可是，小弟弟没有再醒过来。

他被埋在了家里的玉米地里。这里的人都这样，喜欢把离去的亲人埋在家前屋后离家很近的地方。

"本来，弟弟今年应该去念一年级了。我刚去上学的那个时候，弟弟特别盼望能跟我一起去上学。我本来说好以后每天带弟弟去上学的，放学的时候再带他一起回家，中午在学校食堂吃饭的时候也带着他一起，我们学校别的姐姐也都是这样带着她们的弟弟妹妹的。"小青轻轻地告诉我。

"嗯。"我只会点点头。

"那个男孩长得真的好像我弟弟啊，眼睛、鼻子、嘴巴都好像，如果我弟弟长到这么大，如果他也到学校来念书，就一定是这个样子。"

我的眼前浮现出那个圆圆脸蛋、圆圆下巴、圆圆鼻头的小男孩的样子。虽然我没有见过小青的弟弟，但我想，小青的弟弟应当就是这样一副可爱的模样。

"那天是我弟弟的忌日。我特别想请那个小男孩吃一次糖，是我特意跑到镇上去买的糖，是真的糖……"小青呜咽起来。

我伸手过去，拉住了小青的手。小青的手好瘦好小，带着点凉凉的湿意。

"弟弟其实就是被我杀死的呀！是我杀死的！我好想替弟弟活着，替他上学、替他举手、替他发言……弟弟很爱说话，如果他上学了，一定就是班上举手最积极、课间话最多的那个！"

小青号啕大哭。

原来是这样！

我的心揪起来。我一把将小青搂进我的怀里。

六

我和王八蛋面对面坐在校园内一处平缓的山坡上，我们的中间堆放着牛肉干、豆腐干、辣条、鸭脖子等等下酒小食，我们一人一瓶啤酒，碰一下，喝一口，碰一下，再喝一口。

我酒量很差，王八蛋也好不到哪里去，没喝几口，我们就脸红脖子粗了。不过王八蛋说："我就带了两瓶酒来，无论如何这两瓶是要喝完的。"

好吧。难得王八蛋这么有心，他本来是到镇上做一个采访的，结束后他特意绕道2小时，进到这山沟沟里来看我，还特意买了啤酒和小食，所以这瓶酒我是必须喝的。还有，小青哭泣的样子老在我脑海里晃来晃去，晃得我好难受，现在喝点酒正好。

"如果是生活在城市里，这孩子就该去看心理医生了。她独自一人承受这么可怕的一份心理压力，这三年来都是怎么活的……"王八蛋摇摇头，喝了一口酒。

"如果生活在城市里，就根本不可能发生这样的事，怎么可能因为想吃糖果，就……"我说不下去了，猛地往嘴里灌了一口酒。

我们沉默了下来。

闷头喝了几口酒以后，王八蛋突然说："谢小妮，你把这个故事写下来吧，这是一篇多好的作品啊！我说过，你在这里一定会遇见不一样的写作题材吧!"

是吗?如果这就是好的写作题材,我宁愿不要遇见啊!

王八蛋看看我的脸色,轻声说:"对不起。"

我摇摇头,慢慢地说:"这个故事是应该写下来的。但不是我来写,我想让小青来写。"

"让小青来写?"王八蛋惊讶地看着我。

"是啊,让小青自己来写。你刚才不是说小青应该接受心理治疗吗?让她自己将这个故事写下来,让她将自己的揪心和对弟弟的内疚、怀念写下来,也许就是一种心理治疗啊。这样写下来以后,也许她就可以把这件事情放下了。"

王八蛋惊讶地、久久地看着我。

我被他看得脸红了。"干什么啊!"我狠狠地碰了一下他的酒瓶子。

"谢小妮,我发现你现在还真像一个老师了。"

"我本来就是一个老师啊!"我朝他翻了一个大白眼。

"我是说,你现在像一个好老师了!"王八蛋朝我举起酒瓶,"而且,我觉得你以后一定还会顺理成章成为一个好作家!"

王八蛋说得真诚,我也不好意思再闹了。我也朝他举起酒瓶,我们轻轻地碰了一下。

以后我究竟会成为什么样的人呢,我不知道。我只知道,这里的蓝天、这里的白云、这里的山和这里的人，都会成为我生命中难以抹去的印迹。

穿越而过

一

最近,我一直在想这样一个问题:同一个人,是不是真有两个不同的面?

在家里,我是一个多么快乐而忙碌的人呀。我养了两只小鸭子,一身鲜亮的鹅黄,"嘎嘎"的叫声中夹杂着清脆的碎银撞击似的声音——这是很小很小的鸭子才有的叫声呢。每天放学回到家,我第一件事就是带它们出门去散步。我还养了好几盆花,我得不停地照管它们,给它们浇水、施肥,看它们静悄悄地生长和变化。我还不停地看书,各种各样的小说、散文、诗歌,都是我喜欢的。还有一件最重要的事——我在遥远的云南拥有一个读五年级的小妹妹。我是在一本杂志的求助热线上看到她的名字的。

我没有能力给她寄钱（只在信里夹寄过一次二十元钱），但我一直跟她通信，我知道自己的信对她非常重要。

所有这些，是我的一个"面"。这是一个积极而快乐的"面"。

可是在学校里，我却是这样的一种形象——中等偏下的长相，中等偏下的个头，中等偏下的成绩（这是最要命的一点）。总之一句话，我绝对是一个平庸的、不快乐的、被人忽视的人。

在这样的一个"面"里，我比较消极，也比较自卑。

妈妈这样说我："你是怎么回事？有这么多的精力和闲情，怎么就不能把学习搞好一点？"

我自己也不知道是怎么回事。反正我就这么过。

好在妈妈对我是很宽容的。她一直相信我的本质是在家里的那一"面"，她时刻在等待着我什么时候能幡然省悟。

不过，我认为有的人并不是这样有两个"面"的。比如姜艺睫，她应当只有一个"面"——仙子一样的脸蛋，魔鬼一样的身材，再加上优秀的成绩。这些东西，走到哪里都是她的招牌。她因此自信得有点霸道。

还有班上差不多全校闻名的"英俊小生"秦又，他的成绩虽然不是特别好，可其他的很多东西弥补了这一点——漂亮的毛笔字，漂亮的投篮，漂亮的歌喉，当然还有那双贾宝玉似的不笑也含情的眼睛。

他们同属于"天之骄子",用不着拥有两个面,辛辛苦苦地在两者之间穿来穿去。

在我们升入初三,班上开始涌动一股"恋爱"的暗潮的时候,所有人都认为,姜艺睫一定会跟秦又好。他们真是天生的一对。

二

课间,我像往常一样窝在自己的座位上,眼前摊着一本书。我当然不可能在看书,我在偷偷地看与我隔了一组的秦又和姜艺睫。

秦又站在姜艺睫的桌子边,正在起劲地讲着什么。姜艺睫开心地笑着,粉红的脸颊上盛开着两朵小小的酒窝。

我从来没有像现在这一刻这样如此羡慕姜艺睫,我羡慕得心尖都有些发痛了。我真不明白,已经这么完美了的她,为什么还要奢侈地拥有一对小酒窝。我绝望地想象,如果这一对小酒窝长在我的脸上,是不是此刻正与秦又说笑着的,是我而不是姜艺睫?

是的,我承认我在心里暗恋秦又。我不知道这是什么时候就拥有的情感,反正只要一看见他,我心里就是一场暴风骤雨。我是如此用心地在心里感受着他的一切:他的耷拉在额前的经常是汗津津的柔软的黑发、他的挺直的鼻梁、他的孩子气地向前嘟着的嘴唇，当然还有他投篮时奋力跃起的身姿，他主持班会时的器宇轩昂和落落大方……很长一段时间以来，我就这样以表面上的麻木和漠然为掩护，在内心里演绎着一场可怕的单相思。我并不以此为苦。我很早的时候就自觉地信奉这样一句话：真正喜欢一个人，不是一定要拥有他。只要他快乐，就是你最大的快乐。

我确信，这句话是一个像我这样条件很糟糕的人为着自我安慰说出来的。因为无法拥有，所以只好故作大度。

随便怎么说吧。我现在的心情，我自己都说不清楚。就像小时候藏着的一块水果糖，宁愿让它独自化掉，也决不肯拿出来展示和与人分享。

我就这样痛苦而又甜蜜地看着秦又和姜艺睫，看着这一对玉人儿一步步地走到一起。

三

想象中的一切并没有很快地到来。相反地，事情似乎正在朝着反方向发展。

秦又和姜艺睫已经很少单独在一起说笑了。问题的关键在于姜艺睫，她突然跟邻班班长密切地来往起来。邻班班长个头没有秦又高，长得也不如秦又帅。但他的成绩绝对是一流的，每次大考的年级第一都是他。姜艺睫还跟高中部的大男生来往。有那么两三个人，他们隔三岔五就会跑到我们班来，站在教室门口毫不掩饰地大叫："姜艺睫！快点出来！"

有姜艺睫的死党传出消息：姜艺睫对秦又还不是最满意。因为他既缺乏第一流的成绩，又不如高中男生那样成熟和幽默。

秦又并没有将这一切放在心上。他照样说说笑笑，活跃在课间的教室里或课外活动的球场上。我的同桌珠珠说："秦又真潇洒！"

但我相信这一切只是他的表象。他骗不了我。我能够从他突然而至的沉默里读出他受到的伤害。

我很心痛，同时也愤愤不平。我觉得姜艺睫真是有点过分。她凭什么想鱼和熊掌兼得？

当然，没有人在意我的心痛，也没有人在意我的不平。秦又对我这种三流女生基本上是视而不见的。我猜只有我的小鸭子知道我的心思。我已经有两天没有带小鸭子下楼去散步了。它们围着我很不满地嘎嘎叫，叫得我非常心烦。

我做梦也想不到会有这样的一个机会降临到我的头上，并且一切都会随之而改变。

　　这天是我和珠珠值日。珠珠因为有事，先走了（她老是在值日的时候有事），我一个人留下来打扫教室，整理桌椅和教具。难得一个人占有这么一大片空间，我慢吞吞地扫着地，一边将自己的心事放出来，任它满教室溜达。我分外仔细地打扫了秦又的位子，并且用自己的常备抹布将他的桌椅很认真地擦了一遍。我知道自己这样做既傻又可笑，但我无法控制自己的行为。这样做令我心安并快乐。

　　锁好教室门走出来，才发现外面竟然飘着小雨。原本透亮的初秋的黄昏也变得昏暗一片。我踌躇地站在教学楼的大门口，考虑是不是就此冲回去。

　　随便抬起眼，突然发现操场上竟然还有一个人在打篮球。准确地说，是在一下接一下地投篮。昏暗的雨帘将投篮的动作过滤成一种无声的机械的行为，但我仍能清晰地感觉到投篮人发泄般的力量。

　　我一下子明白过来，这是秦又。

　　我想都没想就走进了雨帘之中，站在离篮球架一点点远的地方。

　　秦又眼睛里的伤痛令我触目惊心。我只知道姜艺睫的行为和话语伤害了他，但我没想到会伤害得这么深。想起看到过的一篇文章，里面说，貌似随意和不在乎的男孩子，其实更难承受各种

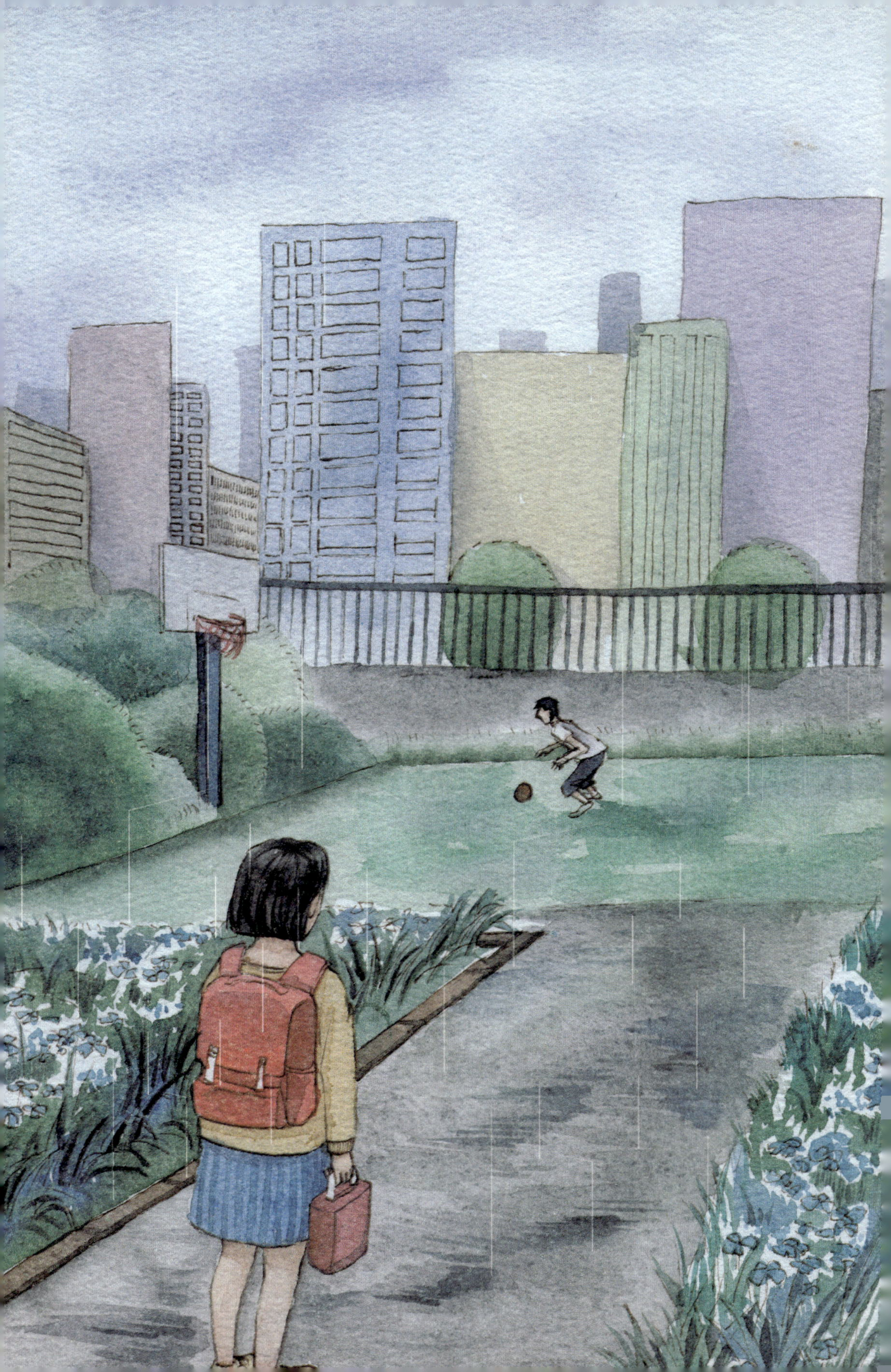

外界的伤害。真的是这样的吗？

一只球在篮球架上弹了一下，然后朝我直飞过来。我没有躲闪，就让它重重地砸在我的身上。

"对不起！"秦又跑过来，拾起篮球，站在了我的面前。

那一刻我有一种轻微的晕眩。昏暗的天幕、细细密密的秋雨、空落而寂静的操场、全身透湿的英气逼人的男孩……我这是在梦中吗？还是在琼瑶的小说里？

"你怎么一个人在打球呢？瞧你，衣服全湿透啦！"我不知道这是否真是我在说话。我什么时候变得这么大胆而温柔？

"没事，好玩呀。"秦又说。跑回操场，继续投篮。

我知道他又开始了掩饰。我很聪明地一声不响。只是站在那里，专心致志地看着他。

细细密密的秋雨一层一层浇到我的头发上，很快地，有水珠沿着发梢滴下来了。

"你怎么还不回家？"秦又打了几个球，见我一动不动站在那里，忍不住又跑回来问我。

"我等你。"我听见自己这样说。我的声音安静里透着坚决，是姜艺睫那样的优秀女孩才敢使用的那种声音。

秦又意外地看着我，想一想，说："那好，我们走吧。"

就这样，我和自己心目中的男孩一起淋着雨走在了大街上。

直到这时,我才明白自己如此大胆而坚决的原因:我要把他从伤痛中拉出来,以任何可能的随便什么方式。

只是,我太笨拙了,笨拙到无话可说。我知道,不能提姜艺睫,不能让他知道自己看穿了他的心事。那么,我再说些什么呢?

"你在班里好像很少说话吧?"是秦又打破了沉默。

我点点头,但急忙补充说:"我在家里并不是这样的。"

我突然找到了话题。我滔滔不绝地向秦又谈起了我的小鸭子、我的花草、我的书(其实是我爸爸妈妈的书,他们都是一所大专院校中文系的老师),还有我的云南小妹妹。"她将我当成了大城市里好心的、无所不能的大姐姐。被人这么信赖、这么需要,我真的感到非常快乐。"

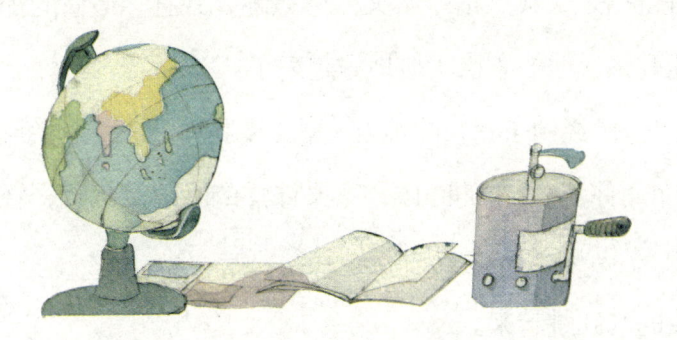

秦又又一次意外地看着我,说:"以前跟你很少接触。真想不到你原来这么丰富。"

丰富?秦又这是在评价我吗?

我的情绪进一步高涨起来。我差不多忘掉了自己在学校里卑微的一面，我仰起头，看着比自己高一头的秦又，兴致勃勃地将自己的新发现告诉他："我觉得有一些人是有两个面的，比如我就是这样。我在学校里和在家里就像是完全不同的两个人。不过，有些人不是这样的。像你……"我咽一口唾液，及时地将"姜艺睫"三个字吞了回去，"你应当只有一个面，因为你非常优秀。"说到这里，我的脸有点红起来了。

看得出来，我的话令秦又很感兴趣，并且，最后的那句话更是令他高兴，他的心情明显地好起来了。

只是，已经到了拐角的地方。秦又要拐弯，而我要继续往前走。

"谢谢你。"分手的时候，秦又漆黑的眼睛望着我，轻轻地这样说。

我的心狂跳起来。

四

第二天，我一大早就来到了学校。

昨天的淋雨，让我付出了惨重的代价——一到家，我就开始不停地打喷嚏，流鼻涕，到睡觉时还发起了低烧。本来妈妈是想让我请一天病假的，但我坚决不肯——我哪有心情躺在床上休病假啊！

　　走进教室来的秦又面色如常，看不出有什么动静。且慢——天啊！他的眼睛带着笑向我望过来了！我大吃一惊，一直傻傻地盯着他看的眼光已来不及躲闪，只得尴尬地朝他笑一笑，然后做贼心虚般低下头去。

　　偏偏，我们的动作让珠珠看到了，她飞快地趴上我肩头，又惊奇又嫉妒地冲着我的耳朵大声嚷嚷："你们在搞什么名堂？秦又为什么要对你笑？"

　　我怀疑全世界的人都听到了珠珠的话。姜艺睫还扭过头来望了我一眼。

　　还没有拿定主意是要责骂珠珠还是要感谢珠珠，一个喷嚏已经冲到了鼻腔。真是要命，在这种时候！我拼命地想忍住，结果，越弄越糟——惊天动地的一声巨响，我顿时狼狈不堪，眼泪鼻涕双管齐下。

　　我飞快地将头埋入桌间，一边在书包里摸索着餐巾纸。

　　等我可以抬起头来的时候，发现秦又正站在桌子跟前。

　　"你也感冒啦？我正好带了药，给你两粒吧。"

　　其实我书包里当然也带了药的，但我人有点发傻，没想到要拒绝。就这样看着他在我桌上放下两粒橙色的药片，对我友好地笑一笑，然后走回到自己的座位上。

有男生在一边吹起了口哨。珠珠阴阳怪气地说："这世界变化快，真叫人不明白！"

老天保佑，上早自习的铃声响起来了！我赶紧翻出英语书，不知所云地读起来。珠珠解气般用力地在我手臂上掐一把，说："装什么装呀！"

我当然不理她。

五

再往后，事情的发展超出了我和所有人的预料。

秦又非常主动积极地开始了与我的交往。放学的时候，他会主动等我。我们一起走出校门，走到拐角处，然后分手。在路上，我们不停地说话。天知道两个本来完全陌生的人怎么会有这么多的话要说。我们有时说学校里的事，有时说各自在家里的事。我第一次知道，与男生交往原来是这么美好的一件事情；我还第一次知道，自己竟然是这样健谈的一个人。

如果有什么篮球比赛,秦又会提早告诉我,然后说:"你一定要去看呀,给我们做啦啦队。"比赛的那天,我就会准时地站在操场边,夹杂在一大堆疯疯癫癫的女孩中间,一改往日沉默寡言的形象,大声地、无所顾忌地欢呼和鼓掌。

对于学校生活,我前所未有地热爱起来,甚至包括上最令人头痛的物理课和政治课。我有一种强烈的感觉,我的两个"面",正在悄悄地重合。

可我的同桌珠珠,却一再地在破坏我的好感觉:"我说,他给你写过信吗?"

"天天待在一个教室里,写什么信呀?毛病!"

"那么,他说过他喜欢你吗?"

"肉麻!"

"既不给你写情书,又不对你说情话,你们这算什么谈恋爱?"

我又急又气:"我什么时候说过我们是在谈恋爱?"

珠珠坏坏地笑起来:"我也觉得秦又不至于会跟你谈恋爱。那么,你们这算是什么呢?"

我羞恼得差一点跳起来:"我们是朋友,好朋友,不可以吗!"

"哈!"珠珠才不管我的态度,她凑近我的耳朵,改用一种巫婆一样阴森森的语调说,"小心,别给人利用了!注意姜艺睫的眼神!"

我从来没有像现在这一刻这样讨厌过珠珠。讨厌讨厌讨厌！

可是，在心里，我不得不承认，珠珠有一些话并没有错，比如说，关于姜艺睫的眼神。

我不是一个傻瓜，在跟秦又交往的时候，我当然会比别人更留意姜艺睫的态度。

一开始是嘲弄的，带着点看笑话的意味。接着，是疑惑和不解的。再接着，她的眼神里有了一些明显的恼怒。现在，恼怒淡下去了，姜艺睫的眼里空荡荡的，我看不出她在想什么。

但我坚决不承认秦又是在利用我。对一个人的友好，并不是每时每刻都可以装得出来的。退一万步说，即使他真的在利用我，那我也心甘情愿。前面说过，我要把他从伤痛中拉出来，以任何可能的随便什么方式。现在,我做到了这一点,还有什么可后悔的？况且，他在同时给予我的看不见的帮助，也许比我给他的大得多呢！

六

已经是十月底的天气了，北方冷空气第一次南侵，给我们的城市带来了好几天的阴雨天气。我们都穿起了厚厚的夹衫。

说起来，这真是一件很奇怪的事情，我跟秦又的故事总是跟阴雨有关。我们在阴雨中开始，又在阴雨中结束。

当邻班班长和高中大男生不再频繁地在我们教室门口现身的时候，我已经有了某种预感。

放学的时候，我和秦又照例一起走出教室门。我们各自撑着一把伞，走进了湿漉漉的空气中。

不知是不是与天气有关，这次我们都没有急着开口说话。我躲在自己淡蓝色的雨伞下面，静听秋雨密密麻麻地打在上面的声音。

猝不及防地，一阵浓烈的伤感突然升上来，顷刻间烟花一样炸开在我的胸间。

这是第一次，我在心里对自己与秦又的关系不满意。啊，原来我是在渴望着的，原来我真的在心里渴望着——听到秦又深情的话语，听到他对我说"你真可爱"，甚至是"我喜欢你"。在这种阴暗的天气里，在这种难得的静谧间，我听到了来自自己心灵最深处的真实的渴求和声音！

我舔一舔嘴唇，想要开口说话。不管他是怎样想的，至少，我应当将自己的感觉勇敢地说出来！就像在上一个雨天所做的那样。我决定不考虑结果，没有开始，哪来的结果呢？

但是，我已经没有机会了——一把火红的雨伞挡在了我和秦又的面前。

"可以跟你聊聊吗？"姜艺睫不看我，只看着秦又说。这是她一贯的做派。

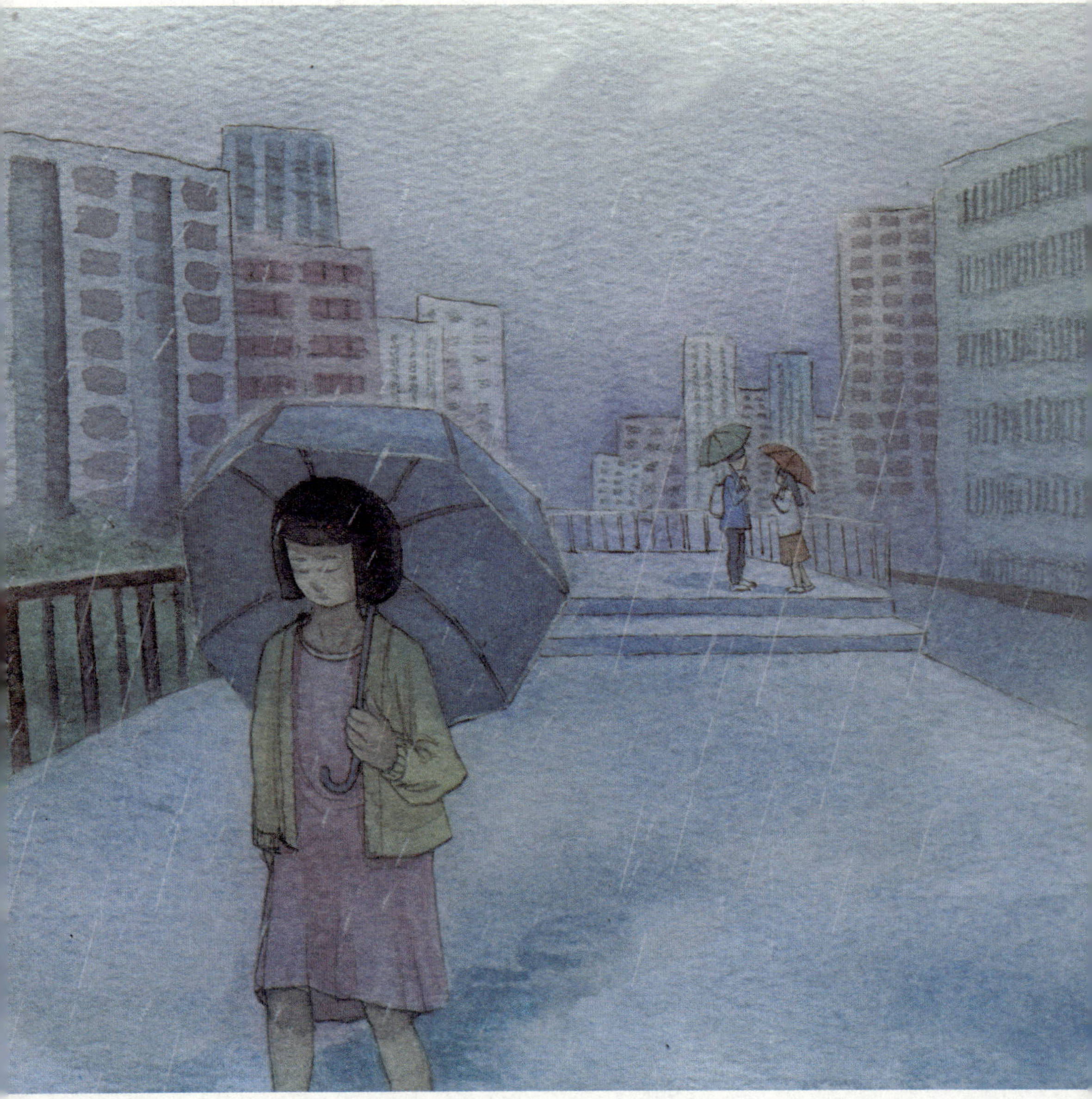

我调转眼光，不去看秦又刹那间变得又惊又喜、容光焕发的脸庞。我能够听到自己的心在一瞬间凝固起来的声音。

"那，你一个人先回去好吗？"

"好的。"我真的很佩服自己还能用这么安静的声音说话，并且，我还笑了笑。

我转过身，慢慢地离去。

七

可以想见，我成了班上的大笑柄。

我不申辩，不诉说，当然更不怨气冲天。我只是保持沉默。

"你呀，可真——"珠珠拖着长腔这样说我。我知道她省略了"窝囊""废物"之类刺耳的词汇，"秦又明明是在利用你来刺激姜艺睫的！"

我忍住心里猛烈地向上翻涌的酸楚和痛苦，一言不发。

是这样又怎样？不是这样又怎样？我曾经拥有过一段美好的过程。而现在，这件事已经结束了。

晚上坐在台灯下，我打开书包准备做作业的时候，发现了一封信。

我展开，慢慢地读起来。

真不知道该对你说些什么。只是想恳求你——不要把我想得那么坏，我并不像人家说的那样，是在利用你。是的，我喜欢她，为了她，我不惜放弃与你的友情。

　　你是一个非常好的女孩子，聪明，善解人意。你的未来一定非常美好。

　　原谅我，并请接受我的祝福！

秦又即日

　　我将内容又看了一遍，然后一下又一下，将信笺纸撕成了越来越小的碎片。

　　不是怨恨和发泄，只是不想保留而已。

八

　　周末。

　　我将小鸭子送给了楼下一个刚刚上一年级的小女孩。我以前带小鸭子出去散步的时候，她总是跟在后面，很羡慕地问东问西。

　　小女孩将两只小鸭子亲亲热热地搂在胸前，有点不相信地问我："你真的送给我吗？不会再要回去吗？"

我没有回答小女孩的话。

回到家,我二话不说就将自己辛辛苦苦养着的几盆花草通通拔除,是那种最彻底的连根拔除。白白的根须暴露在秋季正午的阳光里,刺得我的眼睛有点想流泪。

妈妈站在一边,目瞪口呆地看着我:"你疯了吗?花草是有感觉的,为什么要这样去伤害它们?它们怎么惹你啦?"

爸爸却在一边击掌叫好:"好,好,这样好!鸭子和花草都不养了,看来女儿确实是下决心一心用功了!你不是一直在等着女儿自己觉悟吗?"

对于爸爸妈妈的话,我通通未加理睬。

然后,我坐下来,开始给云南的小妹妹写信:"亲爱的小妹妹:你好吗?不知道你现在的成绩有没有提高?脸上的暗疮好了没有?姐姐真希望你人长得漂亮、成绩又好,这样谁都会喜欢你的!姐姐长得不漂亮,这是没有办法改变的事实。但成绩是可以改变的,所以姐姐决定从今天起,努力用功学习,一定要把成绩搞上去!姐姐再也不愿在学校里当一个谁都可以不在乎、谁都可以随时背叛的三流角色了!"

写到这里,一直被隐忍着的泪水还是不争气地流了出来。

我没有去擦,就让它一直源源不断地往外流。等它流够了,我就去洗个脸,然后去发信,再然后,我就回来看书、做作业。

上学路上拉着手

一

我很喜欢上学,也很喜欢放学。主要是因为上学的路上,我们几个好朋友会一个一个串起来,最后一起到达学校。而放学的路上呢,我们几个好朋友会一个一个散开去,回到各自的家里。

首先是小运和燕子,她们的家离学校最远,还好她们俩是邻居,所以每天早上她们可以一起出发。顺着大马路走二十来分钟,她们就到达我家附近了;我就从家里出来,加入她们的队伍。我们一起往前走十几分钟,就到达铃儿家附近了;铃儿很勤快,她一般会先在马路边等着我们。我们四个会合以后,再一起往前走,这次只要走七八分钟,我们就到达牡丹家附近了。牡丹家离大马路非常近,中间就隔了一小片田地,不过牡丹从来没有先出来过,总是要等我们一嗓子吼过去，她才慌慌张张地从家里跑出来。

牡丹的家是一幢小小的黄泥巴房子，孤零零地站在田地中间，门永远都是关着的，只有当牡丹出来，门才打开那么一小会儿。我们几个早就相互串过各自的家门了，但从来没到牡丹家里去过。

我们站在马路边等牡丹出来的时候，我就使劲睁大眼睛，好等牡丹开门出来的一刹那看看她家里面究竟是什么样子的。可是，除了隐隐约约看见一点闪烁的红点外，里面黑乎乎的，什么也看不清楚。

"牡丹真的不打算邀请我们去她家玩吗？"牡丹不在的时候，我、小运、燕子会一起这样问铃儿。铃儿跟牡丹是一个村子的，她到牡丹家门口去过。

铃儿摇摇头："我不知道呀！不过，牡丹怕她爹，她不敢请我们到她家里去的，因为她爹一点儿也不喜欢别的人到他家里去。"

大家一起点点头。

"我想，即使牡丹想请我们去，我也不敢去。"我说。

大家又一起点点头。

这是真话。因为牡丹家跟别人家不一样，牡丹爹跟别人的爹不一样，牡丹爹是一个端公！

端公，就是跳神的。牡丹的爹是一个给人跳神的人。

比如，有一些人家老人生病了，小孩生病了，或者发猪瘟了，发鸡瘟了，或者遇到一些别的什么不好的事情了，他们就会请端公到家里来跳神。端公跳神的时候，脸上会戴着奇怪的面具，身上穿着长长的大褂，手上拿着不知什么器具，他口中念念有词，在临时摆设的祭祀台前不停地转着圈子。据说，这个时候，端公已经不是他自己了，他变成了神的附体，他越转越快，越转越快，他的脚步开始错乱，手上的器具发出怪异的声响，然后他突然大叫一声，倒在地上，不省人事……

很小的时候，我在山里一家亲戚家看过一次跳神，心里对端公无端地感到恐惧，我也不知道恐惧什么，就觉得他不是跟我们一样的普通人。

而跳神人的家，天哪，我想都没想过跳神人还会像我们一样有一个家！

自从进入乡中念初一，跟牡丹成为同学以来，我才知道端公原来就是我们身边的普通人，而且，他还可能是我们同学的爹。而且，他真的有一个家！

我对牡丹的家充满好奇，又充满恐惧。我想象不出她家里会有一些什么，但肯定会跟我们所有人的家里都不一样。

牡丹朝我们跑过来了，她肩上的那个旧书包一颠一颠地拍打着她瘦弱的屁股。

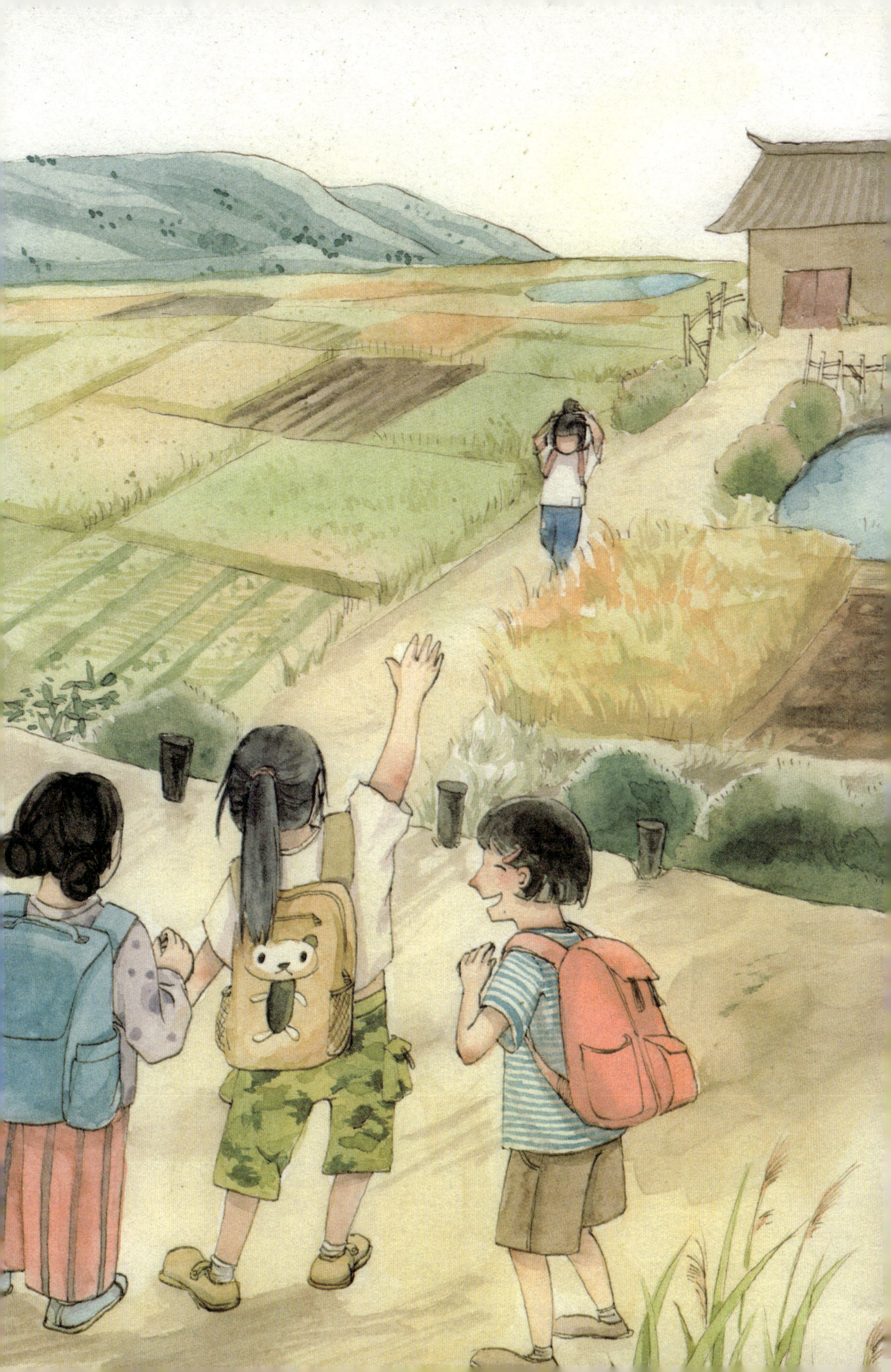

"对不起啊，又让你们等了。我们快走吧！"牡丹一走到我们中间，来不及歇一口气，就带头往前走，一边走一边用手指扒拉着她乱蓬蓬的头发。

有好几次我们迟到了，就是因为等牡丹等的，牡丹为此很不安。不过我们并不在乎，这么一大堆人迟到，老师一般不会罚我们。即使偶尔被罚，我们也只是浩浩荡荡地一字排开站在教室门口，一点也不用害怕。

牡丹永远都没有时间像我们一样清清爽爽地梳好头出门，她一直是在路上一边走路一边梳头的，并且不是用梳子，而是用她的手指。牡丹没有娘，据说她娘还在牡丹很小的时候就跟着到村子里来做工的一个木匠跑掉了，牡丹从小就是这样一边忙活，一边用手指梳理她的头发。

我走在牡丹的身侧，一边走路一边侧过头去偷偷地看牡丹。自从知道牡丹的爹是端公以后，我就总是这样偷偷地看牡丹。我好想看看端公的女儿和别人是不是有不一样的地方。

可是，牡丹看起来简直太普通了，小眼睛，塌鼻子，脸瘦瘦的，皮肤黄黄的，胳膊细得好像一折就会断。她只是颧骨有点高，上面还不匀称地散布着几粒小雀斑，这让她看上去好歹有了一点点异相。

不过，我才不会让牡丹知道我在偷偷地看她，我觉得她会不高兴的。我们是家住在一条大马路边上、一起上学一起放学的好朋友，何况牡丹还是我的同桌呢，我可不愿意她不高兴。

二

牡丹被黄老师拎到教室后面罚站了。

这节课我们上得心不在焉，我们在心里为牡丹叫屈。

真的，这又不是牡丹的错，牡丹既没有在课堂上讲话，也没有回答不出问题，仅仅是因为她没交课外活动的钱，黄老师就在她的语文课上让牡丹站到教室后面去。

"我不参加秋游，也不看电影，也不翻图书角的图书，别的活动我也都不参加，我不交钱不可以吗？"在离开她的座位之前，牡丹双手紧紧地抓着桌子边缘，哀求地看着黄老师。

"不可以！这是班级集体活动！如果你也不参加，我也不参加，这还像一个班集体吗？你还让我这个班主任怎么当？"

黄老师又愤怒又诧异地睁大眼睛，看着牡丹。

黄老师跟我们一样，也是刚刚来到这所学校，这是她第一次担任班主任。黄老师说，她的班级是要与别的班级不一样的，她的班级不仅仅是要学习好，而且还要有诗意、有素质、有学养，就像那些她刚刚在那里实习过的大城市里的班级一样。

我们的眼睛立刻像夏夜的星星一样亮起来。

可是，我们谁也没想到，"有诗意、有素质、有学养"，首先是要交钱的。而且，在家长会上，所有家长也都兴高采烈地举手同意了这件事情，他们很信服黄老师这样在外面上过大学的老师。

当然，牡丹的爹没有参加家长会。

"黄老师，牡丹她爹没钱给她交课外活动费的！"我一急，坐在座位上就叫起来了。

80块钱对于我们大多数人来说没什么，可是对于牡丹来说，真的很困难。我们几个人都知道，牡丹口袋里从来就没有过零花钱，一分钱也没有。

"做端公的为什么会没钱？每次跳神，人家不是都会给钱的吗？"黄老师很不高兴地将脸转向我。

看来牡丹的爹相当有名气，连黄老师都知道他是做端公的。不过提到"端公"这两个字的时候，黄老师的语气听上去可不太友好。

给人家跳神人家会给钱的吗？我傻乎乎地看看黄老师，再看看牡丹。

"可是黄老师，现在这个时候没什么人家要跳神的，一般要到快过年的时候才会有。而且，也

不是每次跳神都给钱的,有的人家也就给点吃的……"铃儿也很着急地插话了。

"没有人请跳神就不能干别的活了?一天到晚游手好闲,像什么话……"黄老师的眼光刀片一样刮过我们几个人的脸,落到牡丹的脸上。

牡丹的脸唰一下白了,她低下头,细瘦的手指从桌子边缘滑落,一声不响地转身朝教室后面走去。

小运和燕子张张嘴又闭上了,我们大家也都不说话了,教室里一下子变得好安静。

"好了,有些事情说起来真是让人生气!我们继续上课吧!"黄老师气呼呼地重新拿起了课本。

牡丹的爹一天到晚游手好闲、不干别的活吗?他为什么不干别的活啊?我心不在焉地拿起课本,一边想着牡丹每天早上蓬乱着头发跑出家门的样子,想着刚才她细瘦的手指无力地从桌子边缘垂落下去的样子,心里突然有点说不出的难过。

三

这天放学的路上,我们五个人没再像往常一样打打闹闹,你追我赶,或者拉着手排成一大排,像一把大刷子一样刷过马路,而是安安静静地贴着大马路的边缘走着路。

正是秋季稻谷成熟的季节，大马路两边的稻田里，早已是金灿灿耀眼的一片。一垄一垄的稻谷，都安静地弯着饱满沉重的腰身，只等待主人来收割。

"牡丹，明天你爹会给你钱交给黄老师吗？"我打破了沉默，问牡丹。

牡丹摇摇头："我爹没有钱。"

"啊？那你要怎么办？"小运、燕子和铃儿一起着急地叫起来。

"也许还是到教室后面去罚站吧？"牡丹有点没把握地说。

"也许是这样！"我们一起忧心忡忡地点头。

黄老师是个新老师，我们是一群新学生，除了见过她罚站，我们对于她的其他惩罚制度还一点不熟悉。

"可是，这样罚站到底要罚多久呢？"小运担忧地问。

"我也不知道呢。反正黄老师让我站多久我就站多久。"牡丹声音很轻地说。

"不过，牡丹，你就不能问你爹要一点钱吗？80块钱又不算

很多。"我急吼吼地问牡丹。我不喜欢牡丹到后面罚站,我的身边缺了一个人,害我听课都没心思。我也不希望牡丹不参加我们的任何活动,我们一起上学,一起放学,活动当然也要一起参加的!

"我爹没有钱啊。"牡丹声音更轻了。

"他真的除了跳神什么也不干?"我有点生气了。虽然牡丹爹是一个端公,我也还是要对他生气!我们另外几个人的爹妈,都要干很多活的,比如我爹爹,虽然他是我们村小的教书先生,但他也会干农活的,他还会种菜,我们家的菜地都是我爹爹种的。再比如小运的爹爹,他是个泥瓦匠,别人盖房子都要请他去帮忙,但他平常在家里也干很多农活的。燕子和铃儿的爹爹也都是干农活的好手。

牡丹的脸唰一下又白了,她张张嘴,正想说什么,迎面却恰好走过来一个人。

这个人个子很矮,皮肤黑黄,身体瘦得简直不成样子,就好像一张皮直接披在了骨头架子上。他的一条右腿还是坏的,走起路来一瘸一瘸。他走到我们中间,停在了牡丹面前。

"爹!"牡丹声音很轻地叫了一声,刚才惨白的脸现在有点涨红了。

啊,这就是牡丹的那个端公爹?

我们所有人都停下脚步,睁大了眼睛。

牡丹爹不看我们,他朝牡丹点点头,将手里拎着的一个小小的塑料袋递给牡丹:"这是人家刚给的两个油饼,你拿去吃吧。"

我们所有人的眼睛一下子都转到那个小小的塑料袋身上。哇,里面装的真是油饼呢,看上去油汪汪、黄澄澄的。饥肠辘辘的放学路上,突然出现了这么两个香喷喷的油饼……

"我不要,爹你自己吃吧。"

没想到,牡丹居然不接。

我们所有人的眼睛又一起转到牡丹的身上。这孩子莫不是傻了吧?

"跟你同学一起分了吃吧。"牡丹爹直接将油饼塞到牡丹手里,这才抬起眼睛看了我们一眼。

他的眼神里,有一点点害羞、有一点点惭愧、还有一点点抱歉。

端公怎么会是这个样子的呢?这么瘦,这么小,一条腿是坏的,而且,还有这样的眼神……

我觉得自己彻底变傻了。

直到我手上被牡丹塞进来一小块香喷喷的油饼,我才回过神来。

牡丹仔细地将油饼分成了均匀的五份,我们一人一份。

油饼真的很香,又脆又甜,太好吃了。可是,我们谁也没说话。

"我爹身体很差,他干不了别的活。他还有痨病,一挖地就喘不上气来。"

牡丹回答我刚才问的问题。

我点点头，不知还能说什么。

黄老师一定没有见过牡丹她爹吧。

四

"爹爹，这些卷子还有用吗？"我在爹爹姆妈的房间里翻箱倒柜，可是，除了这一叠整整齐齐放在抽屉里的卷子，我一无所获。

"这是学生的单元测验卷子，你说有没有用？"爹爹很生气地跑进来，一把抢过我手里的卷子，"多次跟你说过不要乱动我的东西吧？！"

我长叹一口气，一屁股跌坐在椅子上。

"周末一大早,好好的叹什么气！"爹爹瞪起眼睛，又要生气了。

"算了，没事。"我朝爹爹摆摆手。

牡丹的事不能跟大人说。大人很麻烦，听完了你的事情不仅不会帮着出主意，没准还会骂你一顿。牡丹的事情，我们几个人得自己解决。这是我们答应牡丹的。

看来家里能卖的废品早就被姆妈卖掉了。好吧，我就去翻一回垃圾桶又如何？

我们的村小虽然是个小学校，但每天也是会产生很多垃圾的，而且，有一些在外面打工的人家的孩子，也会时不时有一些零花钱买饮料喝的。

瞧瞧，这是什么！三个可乐瓶子、五个汽水瓶子，还有一个看起来很高大上的不知装什么的玻璃瓶子。

我不再在乎垃圾桶的臭味了，我乐呵呵地把它们一一捡进我手里拎着的塑料袋里。

还好还好，一会儿碰面以后我好歹不会空着手了。

刚刚来到大马路边上，远远就看到小运和燕子走过来了。她们的胳膊上，哦老天，居然像镇子上那些赶集的老大娘一样各自挎着一个竹篮子！

我跑上前去，迫不及待地掀开她们的篮子。

小运的竹篮子里装着的，是晒得干干的几捆小竹笋，这样小指头粗细的小竹笋，采晒起来都很麻烦，一般人家也就弄一点自己吃，很少有人拿出去卖，所以在镇子的市场上很受欢迎。"这都是春天的时候我自己采、自己晒的，所以我要拿出去卖，我姆妈也没办法！"小运得意地告诉我们。

燕子的篮子里装着的，居然是香喷喷的油货！用煮熟的红薯加上面粉糅合后，做成一个一个圆形小饼，放进油锅里炸成金黄色，就变成香喷喷的油货了！在镇子的市场上，油货是最受欢迎的小吃之一。

"种红薯的那小半块地，当初是我挖的，我爹爹为了骗我劳动，那时就说好这半块地里的红薯归我的。"燕子笑嘻嘻地说。

"哇，你们真棒！这些东西，一定很快就可以换回来钞票！"我一下子信心满满，都忘了要为自己手上拎着的那一点儿东西感到寒碜。

"不知铃儿还会有什么好主意哦？"

"铃儿一定会有更好的主意，也许她会让我们大吃一惊的！"

我们兴冲冲地往前走，结果，已经站在路边等着我们的铃儿真的让我们大吃了一惊——她的手上，居然拎着一只肥大的老母鸡！

老母鸡对于这样被很没有礼貌地捆绑着一定非常生气，它拼命挣扎，嘴里发出尖锐而惨烈的抗议声。

唉，铃儿这家伙，真是没脑子！牡丹一定会被她吓住的！

果然，牡丹一见到这只不知疲倦正一声高过一声叫着的老母鸡，脸色一下子就变了。"老母鸡不可以的！铃儿你姆妈要打死你的！"

"我才不怕我姆妈！谁说老母鸡是被我偷走的？老母鸡天天跑出去找东西吃，它自己走丢或者在马路上被车撞死都是完全有可能的。"

"铃儿不要这样！"牡丹瘦瘦的脸皱成一团，看起来快要哭了，"我不参加那些活动了好不好？即使每天罚站我也不怕的啊，我真的不想要你们这么辛苦地帮我……"

"可是牡丹，我们不是说好的吗？我们想要你跟我们一起秋游，一起看电影，一起看书，一起参加班上的所有活动！"

我们几个人一起大叫起来，一起瞪大眼睛，一起生气地看着牡丹。

真是的，昨天放学路上不是说得好好的吗？牡丹不是都好好地答应了我们大家的吗？

昨天，我们站在大马路边上吃完牡丹爹爹从嘴里省出来的油饼以后，忘了是谁最先说起，反正大家的脑洞突然一下子打开了：我们要自己想办法，一起帮助牡丹筹够这80元钱，交给黄老师，我们一定要让牡丹和我们一起参加班级里所有的活动！

我们还那么清楚地记得，牡丹的眼睛在那一瞬间像被刚刚塞进灶膛里的茅草，倏地亮起来，她的脸也被眼睛映红了，笑容在脸上漾开，颧骨处的几颗小雀斑高兴地跳起了舞。她抿起嘴巴，使劲克制着自己的兴奋，说："其实，我也很想很想跟你们一起参加所有活动的！"

这一点即使牡丹不说，我们也当然知道。我们可是每天一起手拉着手上学的好朋友!

"铃儿,你赶紧把老母鸡送回去!"我一迭声对铃儿下命令。

"好吧!你们放心,我还会有别的办法的!"铃儿也终于知道自己这样做会给牡丹增添负担,她拎着老母鸡转身就往回跑。

真是的,急什么呢,我们总归有办法的,瞧小运和燕子不是想出了很好的办法吗?我的办法虽然笨拙,但操作起来很简单,而且镇子上捡瓶子的机会多的是。

星期六的大马路上,来来去去的大货车、小客车好像比平时少了好多。没有车子来的时候,我们就排成一排,一边等铃儿,一边慢慢晃着往前走。牡丹就走在我的右手边,不过我不用再偷偷看她,也知道她脸上的小雀斑又在开心地跳舞啦。

五

下午放学的铃声一响,我们几个就冲出教室,冲出校门,冲到大马路上，冲向牡丹的家里。

管它是不是端公的家呢，管它端公的家里能不能进去呢，我们今天必须到牡丹家里去！

今天一整天，牡丹都没来上学。铃儿告诉我们说，牡丹不上学了，要到山里去给人家做女儿了，今天她就是跟她爹到山里去认亲的。

不上学了，这是什么话？跑到陌生人家去给人做女儿，这又是什么话？我们上学放学的路上，怎么能少一个人呢！况且，我们还在帮牡丹凑钱呢，马上就要凑到80元了！

我们一口气跑到牡丹家门口。

门竟然开着。牡丹正一个人呆呆地坐在门口的小木凳子上。

见到我们，牡丹站起来，朝我们笑了一下。她脸上的小雀斑，安安静静地趴在那里，一动不动。

"进来吧，你们还从来没到我家里来玩过呢。"牡丹招呼我们。

我们屏住呼吸，一个一个跨进牡丹的家里。

站了一会儿，好像也并没有什么异样发生。

习惯了堂屋里的幽暗以后，我终于看清，以前隔着马路隐隐约约看到的闪烁的红点，是点在挂在正面墙上的菩萨画像前的三支蜡烛。除了这一张画像，三支蜡烛，一张放蜡烛的陈旧的小桌子，堂屋里空空荡荡、一无所有。

原来端公的家里是这样的。

牡丹以前从来不请我们到家里来，她爹爹从来不喜欢别人到家里来，都是因为这空空荡荡、一无所有吗？

那种难过的感觉又一次袭上心头。

"牡丹你是不是真的要到山里人家去做女儿啊？"我一把拉住牡丹的手，问她。

牡丹看看我们，轻轻点点头："那个人家姆妈一直生病，家里活没人干。他们家只有儿子，没有女儿。"

"可是你为什么要去给人家做女儿啊？"我们几个人一起叫起来。

"难道你爹爹把你卖给了人家？"我突然如梦初醒，大叫起来。

大家一起惊吓地看着牡丹。

"我们可以到公安局报警的！"铃儿义愤填膺。

"不是这样！"牡丹一手拉住我的手，一手拉住铃儿的手，急急地说，"我爹爹只是想提前给我找一个地方，这样他好放心一点。"

什么叫提前找一个地方？什么意思？

"爹爹告诉我说他没有别的办法。"牡丹很轻很轻地加上一句。

突然，里间响起了一阵剧烈的咳嗽声。

牡丹的爹爹竟然在家！

我们吓坏了，首先是铃儿，一转身就蹿出了牡丹家门，然后我们相继跟着，一股脑儿都跑了出来。

牡丹跟出来了，我们都有点不好意思地看着她。

"我爹爹不是一个坏人，你们不要怕。"牡丹说。

我们红着脸点点头。

"他是世界上最可怜的人。他没办法，我也没办法。我唯一的办法，就是听他的话，让他安心。"牡丹突然哭起来了。

我们咬住嘴唇，看牡丹细瘦的肩胛骨在夕阳的余光里耸动。

我们也没有别的办法。卖笋干、卖油货、捡空瓶子，甚至再加上一只最肥最大的老母鸡，都解决不了牡丹的问题。

我们只能咬住嘴唇，看着牡丹哭。

六

牡丹真的要进山里去了，在一个有着高高太阳的上学日。

牡丹爹在前面瘸着一条腿慢慢地走，我们五个人侧着身子手拉着手，沿着田埂小道排成一串，在后面慢慢地跟着。

在走完田埂小道、要弯进山道去的地方，牡丹松开手，拦住了我们。"你们去上学吧，不然黄老师要罚你们站了。"

我们一起摇摇头。

黄老师不会罚我们站的。她知道我们今天要送别牡丹的。

在得知牡丹要退学以后，我们陪着黄老师一起到过牡丹家里。一看到牡丹空空荡荡的家，她抱着牡丹就哭了。她边哭边说："牡丹你不要退学了，你的费用老师帮你交好吗？老师也不会再罚你站了。"

牡丹本来跟着黄老师一起哭了，不过听到黄老师这样说，她又笑起来了。是真的笑，她脸上的小雀斑一粒一粒全部都高高兴兴地散开来了。她说："谢谢黄老师！"

可是现在，牡丹根本就不要黄老师帮她交费，她还是要到山里去给人家做女儿！

"我爹爹说了，每个人的命是不一样的，我摊上了这样的命，就得想方设法扛起来。我怎么可能推给别人去扛？"牡丹说。

这话是怎么说的呢！我们眨巴着眼睛，想要反驳，可是脸憋得通红，也想不出一句反驳的话。

牡丹看着我们的样子，突然笑起来了："你们别担心好吧，天无绝人之路，我是相信这句话的。要不十年后我们再看！"

十年以后啊！

"十年以后你会变成什么样子？"我傻乎乎地问牡丹。

牡丹摇摇头："我不知道啊。不过，十年以后，我们都长大了，一定会比现在更有办法，对吧？"

我们都点点头。这句话有道理，我们都愿意相信，所以我们心里都有点高兴起来了。

我郑重地从口袋里掏出一个小纸包。纸包里面，是我们这两个星期一起积攒的65元钱。

可惜，我们来不及攒到80元了。

我把纸包递给牡丹："就算是我们的告别礼。你收下吧。"

牡丹看看我们，很郑重地伸出双手接过去。

"后会有期！"牡丹文绉绉地说出这么四个字，朝我们挥挥手，转身飞快地沿着山道走了。

我们站在山道口，看着牡丹细瘦的身影消失在幽幽山道的拐弯处。

四周好安静，有不知名的鸟儿在不远处的树林里叽叽喳喳地叫。寂静的山道，映着斑驳的树影，一直朝不知名的前方弯曲延伸。

牡丹，祝你一路走好。

十年后，我们一定会再见的。

我们相信，我们都会比现在更好。

窗外，秋风吹面

1

我没想到我会被一碗方便面伤害，而且伤得这么深。

本来这是一个开开心心的日子，阳光明媚，秋风送爽，我们初二年级集体到海边秋游。

说是海边，其实只是一大片烂泥滩，和烂泥滩尽头的一大片灰色的水域。不过，比起那些抽风一样的老师以及他们抽风一样朝我们扔过来的一沓沓试卷来说，我们当然宁愿选择这一大片烂泥滩了！

何况，这一大片烂泥滩里面还有螃蟹在爬呢！

这可是货真价实的螃蟹！虽然很小很小，但你不能否定它确实是螃蟹！当党辉拽着那小东西的一条细腿，高声叫唤"螃蟹啊螃蟹啊这里有螃蟹啊"的时候，我们全体沸腾了！

"给我！"吴紫瑛激动地尖叫。

"给我！"林叶红激动地尖叫。

"给我！"我也激动地尖叫。

我的尖叫声引来了一片奇异的眼光，我也被自己吓了一大跳。我这是怎么啦？怎么会昏头昏脑地跟在吴紫瑛她们后面出风头？

可党辉一点也没觉出不正常，他一转身，将螃蟹放在了我手里："给你吧。"

党辉转到我们班级才两天，除了认识我这个同桌，其他人他一概搞不清楚状况。

"神经啊！凭什么给她不给我们？"吴紫瑛双手叉在腰里，一双漂亮的大眼睛咄咄逼人地瞪着党辉。

党辉显然吓了一跳，什么女生啊，这么嚣张！他不客气地说："我高兴！你管得着吗？"

好在我现在已经清醒过来了，我朝党辉抱歉地笑一笑，在吴紫瑛正要进一步发作之际，赶紧拎起那比指甲盖大不了多少的小东西，一直送到她眼皮子底下："喏，给你吧。"

吴紫瑛伸出一只纤纤素手，满意地接过去，鼻孔朝天地朝党辉哼了一声。

党辉不满地瞪了我一眼。

唉，党辉，对不起啊！你知不知道吴紫瑛是什么人，我又是什么人？挖到的螃蟹当然是应当送给她，而不是送给我的。

我脸上挂着怯怯的笑容，在心里对党辉这样说。

我不知道我脸上的什么表情触动了他，党辉看看我，竟然挥

了挥手，用一种大哥哥宠爱小妹妹的口吻说："算了，你高兴送人就送人吧。一会我再挖到再给你好了。"

　　党辉他这是在对我说话吗？一个从来都只穿着妈妈十年以前的旧衣服，从来都低眉顺眼，从来都只会在心里滔滔不绝、却从不敢在大庭广众之下发出半点声音的丑小鸭？

　　我蹲下身去，低头用手指在烂泥地里乱挖起来。没有人看到我突然间汹涌至眼角的泪水。

　　在这以后的一段时间，一直到方便面事件发生以前，我都自认为自己是世界上最幸福的女生。这种幸福感就来源于党辉的那一句话。

　　这一点也不夸张。有的人天生是公主，所有的好话堆到她面前她也毫不在意，比如吴紫瑛。有的人天生是弃儿，有时只要一句话，就能够让她泪流满面。比如我。

2

　　不，我并不是孤儿。我有爸有妈。

　　爸虽然是后爸，妈可是我货真价实的亲妈，这一点有我的外婆作证。如果仔细地看，藏在我眉眼间的那一点点清秀也是得自我妈的遗传。小时候，我跟外婆一起生活，外婆干完了一天的活，捶着自己酸痛的腰背的时候,经常会这样自言自语:"你妈念中学的时候可漂亮着呢,精灵着呢。不像你,半天闷着没有一句话。"可有时她又会长长地叹一口气,说这样的话:"女孩子太精灵也不好啊,还是你这样老实点好。你给我记着,别到外头去跟那些流里流气的男生疯!"外婆说这样的话的时候眼光突然变得凶凶的,每次都要吓我一大跳。

在我还没有任何记忆的时候,我的亲爸就死了,大人告诉我是发生了车祸。我念六年级时,妈妈重新结婚了,然后将我接到了她身边。

后爸人并不坏,奇怪的是我的亲妈。我到她身边已经三年了,在这长长的三年时间里,我一直在想这样一个问题:我的亲妈她为什么要将我接到她身边来虐待我?

说出来没有人会相信,进入初中,我的身高一下子蹿到跟妈妈一样高以后,我就再也没有穿过一件新衣服,我穿的全部是我妈妈在箱底翻出来的她十年以前的旧衣服!妈妈说:"这些衣服都好好的,一点也没有坏,怎么不能穿了?你少给我在外头拈花惹草的!"

我气得哭起来。妈妈这是什么鬼话!她不知道我进入中学以后,几乎连说话的朋友都没有几个吗?

今天秋游，我穿的就是她以前的一件旧夹克，两片小小的可笑的尖领翻开在脖子那里，下面的一圈松紧边早就没有了弹性，松松垮垮地在我的臀部晃荡。这一点还不是令我最难堪的，令我最难堪的是，我的身上没有一分零花钱！

不光是今天，在往常，我的身上也从来没有一分零花钱。每次要买本子、圆珠笔、尺子等等小文具，我都得跟妈妈艰难地讨要那一点点小零钱。妈妈像盘问一个狡猾的惯偷一样仔细地盘问我钱的用途，晚上回到家里，她也绝不会忽略检查一下我用她的钱买回来的物品。

我知道家里不算富裕，但也绝不是赤贫阶层。不然，我怎么可能进到这样一所每个学期要交 5000 元学费的民办学校就读？所以我想破了脑袋，也无法理解我的亲妈为什么对我要比一个后妈更吝啬、更过分，何况家里就我一个孩子。

在往常，我的身上没有零花钱也没什么大关系，我不用钱就是了。今天我本来也是这样想的，反正吃的也带了，喝的也带了——说句公平话，我妈给我准备的野餐食品还是很丰富的，在吃喝上她倒是从不亏待我——我就想没有零花钱同样没关系，我不用钱就是了。可是，谁也没想到会出现意外。

事情是这样的，下车的时候因为嫌拎着不方便，我将我的装着午餐食品的马甲袋留在了车上，只是带上了喝的水。可是，到中午老师通知吃饭的时候，我和几个同样将食品留在车上的同学站在车门外傻眼了——车门被锁上了，那个旅游公司的司机不见了踪影！

"别着急，可能到附近什么地方转悠去了，大家稍微等等吧。"老师安慰我们。

"搞什么啊！饿死人了！"吴紫瑛和林叶红气得跺脚。她们的食品包也留在了车子上。

我也强烈地感觉到了来自腹部的饥饿。本来知道走过来几步就可以吃到东西，肚子还不觉得饿，可现在肚子发现上当了，就加倍强烈地发出了饥饿的信号。

"那边有个小卖部哎，我们先去买点东西填填肚子吧！"

吴紫瑛的提议得到了围在车门前的几个同学的一致响应，大家一窝蜂地朝不远处的小卖部涌去。

我也不自觉地跟在他们后面。快到小卖部门口的时候，我命令自己停住了脚步。我口袋里一分钱也没有，问同学借的话，向妈妈讨钱来还是一件比饥饿更让人烦心的事情。

我转身朝小卖部边上的一棵香樟树走去，这里很安静，一个人也没有。树下有一块平坦的大石头。如果我的午餐现在在手里的话，我就可以把这里当作饭桌，好好地享用了。一想到被锁在车上的那一大包吃食，我的肚子里好像有一只动物的爪子在抓，饿得更厉害了。

吴紫瑛和林叶红朝这边走过来了，吴紫瑛的手里小心翼翼地端着一碗方便面。肯定是小卖部帮她们倒好开水泡上了。

"咦，钱小从你怎么一个人待在这里？没到小卖部买东西吃吗？"吴紫瑛一边将方便面放在大石头上，一边扭过头来问靠在树后的我。

我摇摇头："我再等等吧，我还不太饿。我带了好多吃的呢。司机肯定马上就要过来了。"

一股方便面特有的香味直冲我的脑门，我尽量小心地咽了一口唾沫。

吴紫瑛不再理我，她看了看手里抓着的钱，突然叫起来了："哎呀不好，小卖部的人好像少找我钱了！"

"是吗？"林叶红抓过她手里揉成一把的钱，一张一张摊开来数，"啊！真的少了啊！赶快回去问他们讨！"

两人撒腿就往回跑，吴紫瑛跑了几步，回过头对我喊："钱小从，帮我们看着方便面啊！"

"好的。"我嘴里答应着，走过去坐在了石头上。

好像经过了很长很长的时间，吴紫瑛她们一直没有回来。天哪，再等下去，方便面都要被泡烂了！我最不喜欢吃泡烂了的方便面！

我的手自作主张地将插在碗沿上的塑料叉子拿下来，掀开了纸盖子。方便面铺天盖地的香味无可阻挡地弥漫在周围的每一寸空气里。

"哈，你怎么一个人躲在这里吃方便面啊？"侧面一个声音突然响起来，我吓得一哆嗦，塑料叉子掉在了石头上。

"哎呀对不起，我帮你擦一下吧。我正好还剩一袋消毒棉球。"说话的人转到了我前面，是党辉！

他从上衣口袋里掏出一个小纸袋，撕开口子，拿出一个湿漉漉的棉球，将叉子用劲擦了两擦，递给我："快吃吧。方便面泡烂了不好吃。"

"是。我也不喜欢吃方便面泡烂了的。"我接过叉子，深深地插进碗里，搅起一大把方便面，毫不犹豫地塞进了嘴里。

几个小时以后，我一个人在黑夜笼罩的街头游荡，我使劲地回忆自己的手在做这个动作的时候我那猪脑子到底在想什么。可是，无论我怎样回忆，我也回忆不起来。我那猪脑子那时整个就是缺席的，它不在现场！

可是没有人会这样想。他们好像不知道脑子和手有的时候是会分离的。当气喘吁吁的吴紫瑛和林叶红站在我的眼前，看着我叉起又一把方便面正送进嘴里的时候，她们一起尖叫起来："钱小从你居然偷吃我们的方便面！"

"什么啊？"党辉莫名其妙地看看她们，再看看我，"二位小姐搞错了吧？明明是她的方便面啊！"

"哈！"吴紫瑛气得笑起来。

"钱小从你想吃就说一声，不就一碗方便面吗？干吗要这么偷偷摸摸的？"林叶红难以置信地瞪着我。

我那猪脑子终于回来了。我的第一感觉是有一罐煤气在我脸上爆炸了，第二感觉是必须赶快逃离现场。我扔下叉子，含含糊糊地说一声"对不起"，站起来飞快地跑走了。

我身上那件旧夹克的那一圈已经松掉的松紧边可笑地拍打着我的屁股。

这天剩下来的时间，我不知道是怎么过掉的。不过我知道党辉又挖到了一只小螃蟹，他送给了林叶红。我听到了他们高声说笑的声音。

3

我不想回家。我从来没有像此刻一样憎恨过我的亲妈。

我将那件该死的旧夹克脱下来，塞进了马甲袋里。就让秋天的晚风狠狠地吹在我的脸上吧！反正我已经什么脸面也没有了！

我在风中晃荡，穿过一条又一条亮着灯光的小街。

马甲袋里鼓鼓囊囊的全是吃的东西。可我已经没有了饥饿感，我的嘴里和胃里一直充斥着那种令人恶心的方便面的怪味道。我拼命喝水，拼命喝水，可是，我喝再多的水也冲洗不掉。

"咦，小从你怎么这么晚还不回家？过来看外婆？"对面一个人影突然停在了我的面前。

我抬起双眼，迷迷糊糊认出是住外婆家对门的邻居。我朝她笑笑，点点头，又摇摇头，然后绕过她，走了。

我抬起头来看看周围的景色，这才发现自己来到了外婆家居住的那条街道。也是自己小时候一直居住的街道。

不，我也不要到外婆家去。外婆对我很好，但她从来不会帮我说话。她对她的女儿，也就是我那亲妈，从来不会说半个不字。有时候我跟她嘀咕我妈虐待我，她就骂我胡说八道，说你妈在心里爱着你呢，她这样做是为你好，怕你出事情。

真是奇怪，妈这样做是为我好，是爱着我！我想不明白，我想得头都晕掉了！

头晕。风好像越来越大了，周围的东西都被它吹得转起了圈圈……

突然，我的胳膊被一只手死死地抓住了！

"小从，小从，你真在这里！你要急死我们了！"

我模模糊糊地辨认出这是外婆。我倒在了她的怀里。

4

我的体质很好，从不轻易生病。但一生起病来，就是波涛汹涌的那种。

这一次，我高烧了三天三夜，在睡梦里，我拼命哭泣，骂人。有一个声音试图安慰我，可是，只要一听到那个声音，我的胃就一阵痉挛，那种可怕的方便面的味道就布满我身体的每一个细胞。我拼命地朝那个声音蹬脚，扔东西，大喊大叫，我不要那个声音靠近我！

终于一切都安静下来了。

一只手轻轻地按住在我的额头。我知道那是外婆。

我睁开了眼睛。

"终于醒过来了!"外婆坐在我身边微笑,满脸倦容,"我去打电话告诉你妈妈。她刚离开一会。"

"不要!"我的声音大得把我自己和外婆都吓了一大跳。

外婆看着我,眼睛里半是责备,半是忧虑。

我垂下了眼皮。

"你发烧的时候一直在骂你妈你知不知道?你还朝她扔东西,打她!"

是吗?我不知道,我真的不知道。我只知道有一个声音让我无法忍受,只要一听到那个声音,我就有一种要疯掉的感觉。

"外婆我饿了!"我抬起眼睛说。

我的话成功地转移了外婆的注意力,她欣喜地站起身来:"有吃的有吃的!早就做好了的!"边说边忙不迭地朝厨房走去。

我坐在床上,狼吞虎咽地吃完了外婆端过来的一大碗皮蛋瘦肉粥。

吃完了,外婆将碗接过,却并不放进厨房,而是随手放在床头柜上,自己坐在床沿看着我。

又来了!

我往下躺了躺,闭上了眼睛。

"以前,有一个跟你一样大的女孩子,非常活泼可爱,聪明机灵,每个人都喜欢她。"

我以为外婆要接着教训我，没想到她竟然讲起了故事！

"她的妈妈没有什么文化，不知道该怎么管她，一切就都由着她的性子。她要穿红的就穿红的，要着绿的就着绿的，要零花钱也尽量满足她。即使做错了什么事，她也有本事弄得妈妈没办法责怪她。"

我的眼皮跳了两跳。外婆是在讲她自己和我妈妈的故事？我妈妈以前是这样的一个女孩子？

"终于到要高考的那个学期，她赖在家里不肯去上学了。还三天两头躲在被子里哭。等她妈妈发现真相的时候，她已经怀孕6个多月了！"

我一下子坐起来，恐惧地睁大了眼睛。

外婆伸手过来握住我的手，朝我点点头："是的，这就是你妈妈。她就这样稀里糊涂结束了自己的姑娘时代，成了一个脾气很坏的古怪的小妈妈。"

太阳不知什么时候落山了，窗外已经是昏暗一片。外婆佝偻着身子坐在床沿，整个人突然缩小了一圈。

"别恨她吧，她后来吃了很多很多苦，她被自己的过去吓坏了。她不知道该怎么对待你。"外婆的声音已经变成了耳边轻微的叹息，带着窗外秋风扑面的寒意。

5

我穿着水磨蓝的牛仔裤,淡蓝的带帽子和拉链的休闲上装,一个人站在镜子跟前。

啊,这样的一套衣服,我向往了有多久!在妈妈刚刚将我接到她身边的时候,她问我想要什么礼物,我就告诉了她我想要这样的牛仔裤和这样的休闲上装。我也不知道为什么,我特别喜欢那样的一身穿着,感觉穿在身上一定会又清爽又干净。可是,本来笑盈盈的妈妈却突然变了脸,说你给我闭嘴!这么小的年纪就知道打扮!以后你给我老实点,我不会给你买新衣服的!

妈妈说到做到,将近三年的时间里,她就这样将我裹在各种与众不同、令人发笑的外衣下面,一直将我裹得没有了一点声音。

"哎呀,换上了?真是人要衣装,佛要金装,我们小从换上这样的衣服都要变成大美女了!"外婆从外面走进来,眉开眼笑地说。

外婆一下子将我心里正在想着的话嚷嚷出来了!我脸红心跳,转过身来追打外婆。

外婆抓住我的手,问我:"知道这是谁买的吗?"

我没哼声。

"你妈昨晚十点多钟的时候赶着送过来的,她刚加完夜班呢。那时你已经睡着了。"

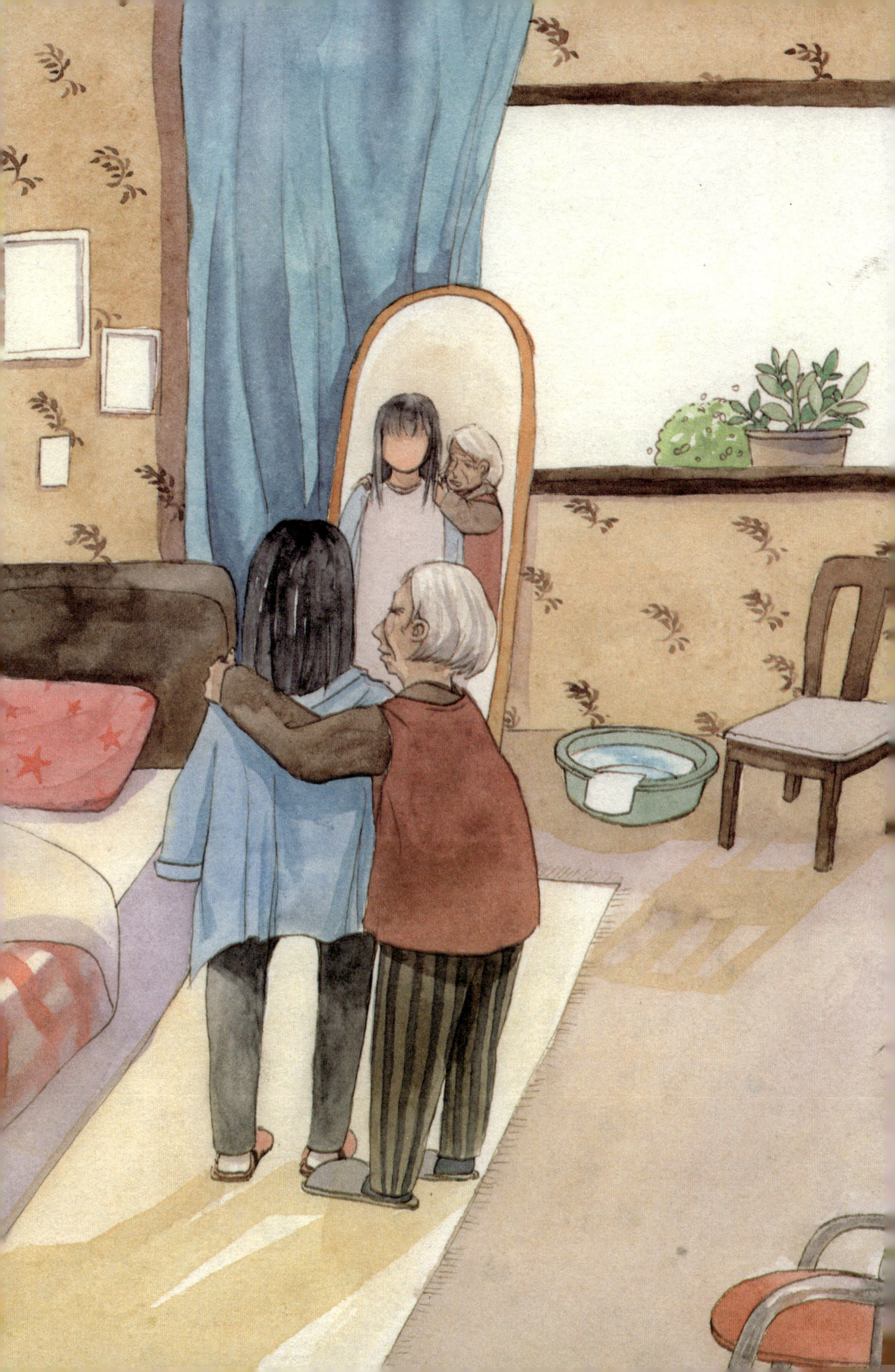

我还是没吭声。

"你妈说了,要是你想在我这里住上一阵子也成,但明天一定要去上学。"

我的肩膀一下子垮下来。上学,上学,我怎么还能去上学啊?我将衣服三把两把脱下来,扔还给外婆。

外婆的脸拉下来了:"这衣服你穿不穿我不管,这学你一定得去上!不就一碗方便面吗?就能将你吓成这样?"

我一下子全身冰凉。我惊恐地看着外婆。外婆她怎么会知道一碗方便面的事情?!

外婆张着她布满皱纹的嘴笑起来了:"你生病的时候一直在发疯,一直在对什么人说对不起,我没有偷吃方便面!谁赖你偷吃方便面了?你就这么老实,不会把事情跟人家说清楚?"

唉,外婆,外婆,如果这事情说得清楚,我还用得着您老人家来教导?

"没有什么事情是说不清楚的,就怕你自己不肯站出来说,不敢站出来说。"外婆好像听到了我心里的话,她不再笑了,一双小小的眼睛像一只知晓一切的老猫那样盯着我,盯得我将头深深地埋了下去。

"千万千万别学你妈当年的样子。躲起来肯定不是一个好主意。"外婆将那件带帽子和拉链的上装轻轻披到我肩膀上,凑在我耳朵边，像真正的老猫那样呼噜呼噜喘着气，"没有什么可怕的，什么事情都会过去的。"

一直到外婆的脚步声在门口消失了很久，我才回过神来。

我重新将那套衣服穿在了身上。镜中的女孩披散着头发，眉眼淡淡的，鼻子有点往上翘，嘴巴很小，紧紧地抿着在那里。

我慢慢咧开嘴，给了自己一个试探性的微笑。

感觉好像还行。

明天去上学，我会把头发梳起来，梳得高高的，让它在脑后晃悠，就像班上其他女生一样。

水流轻轻

一

放学了。

我照例和小苔一起跨出教室门,一起朝校门口走去。

走出校门,穿过一条熙熙攘攘、两边摆满了各式各样摊子的街道,我们就走出了镇子,走到了流经镇子边缘的小河边。在这里,小苔要向左拐,我要向右拐。

跟小苔说过再见以后,我就沿着水流的方向往前走。

天气真好呢,小河边的风景真美呢。有一棵银杏树,披着一身金黄的树叶站在小河的这一边;有一棵乌桕树,披着一身鲜红的树叶站在小河的那一边。这里,那里,到处都伸出来野菊花金灿灿的笑脸,它们映在秋天金灿灿的茅草丛中,看起来就像一张张美丽的明信片。

我开开心心地走在小河的边上。这里没有了小镇的喧闹,能听见小河流过河床时发出的轻轻的歌声。我的手掠过一丛丛野菊花,随手摘下几朵扔进小河里。

突然,我惊讶地停住了脚步。

前面不远的地方,有一个身材臃肿的女人坐在一丛野菊花的旁边,她的前面,摆着一篮鲜艳的红山楂,篮子边上,放着一杆小秤。

好奇怪,她怎么会一个人坐在这里卖东西呀?难道她预备把她的红山楂卖给那些野菊花和那些流水吗?

"小妹妹,你要买山楂吗?"女人看见我,一下子坐直了身子,激动地问。

女人的眼神和声音都把我吓了一跳。她的眼神里闪着一种不明所以的亮光,就好像对面乌桕树上那些红通通的叶子掉了几片进去了。她的声音听起来好急切,似乎是迫不及待地想要诱骗你上当一样。

哼,以为我是小学生吗?或者以为我不认识秤吗?难道我看起来很好骗?

虽然小苔曾说过,我是天底下最心软、最好骗的女孩,可是,一个乡下女人也想要来骗我,真是岂有此理——那个女人的穿着

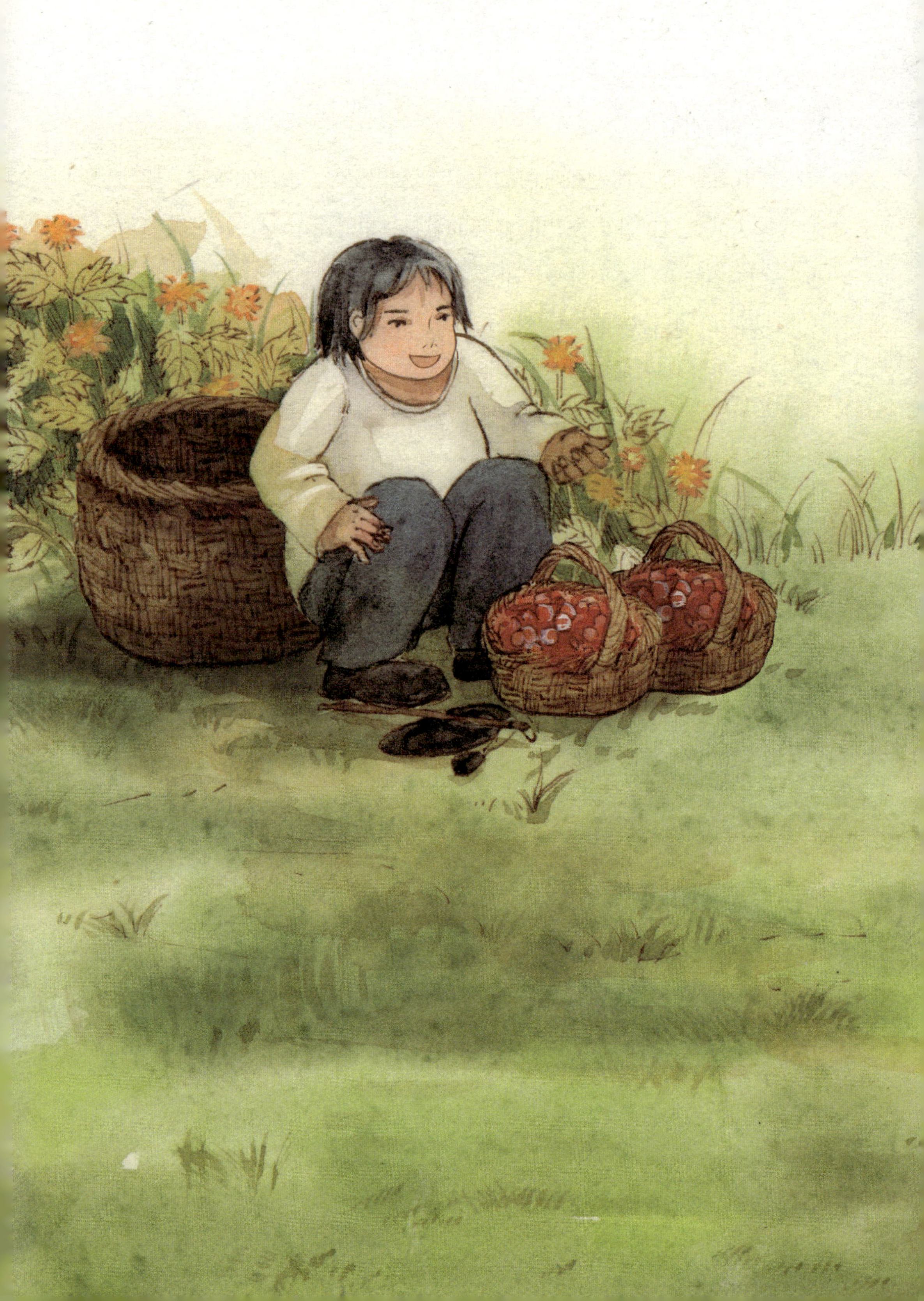

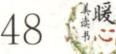

打扮一看就是乡下来的,不是我们镇上的女人。而且,她看起来真的好胖啊,胖得简直有点不正常呢。

我冲她很坚决地摇摇头,脸上却带了点不自觉的抱歉——我只是有点同情她坐在了不是卖东西的地方卖东西。她应该坐到那些摆满了摊子的镇子的街道上去卖她的山楂呀。

不过,她的那些红山楂真好啊!一颗颗个大饱满,鲜艳欲滴,那鲜红的底色上点缀着的那些亮亮的小黄点,好像一颗颗小钻石一样，在向我发出无言的召唤。

我狠狠地咽了一口唾沫。

要知道，新鲜山楂可是每年秋天我的最爱呢！那艳丽的色泽，那鼓鼓囊囊的可爱模样，还有那清新的甜中带一点微酸的浓郁的味道，都是我深爱它的理由。妈妈每次都抱怨说，秋天那么多水果，怎么就会喜欢这样一种上不来台面的东西呢！妈妈的抱怨里带着一点点不高兴和无奈，可是每年新鲜山楂上市的时候，她还是会想法买来最大最好最新鲜的山楂给我吃。

这个路边摆着的山楂，就跟妈妈买的一样，又大又好又新鲜，一看就是山楂中的极品。

"小妹妹！你买一点吧！价钱你说了算，随便给点就行！"

见我探头看她篮子里的山楂，那个女人更加急切地劝说着我。

什么？价钱我说了算？难道我给你一元钱，你就会把这么一大篮山楂卖给我？

我收回我的目光，同时再次坚决地摇头——这一次我的脸上不再带有抱歉。我坚决地迈开脚步，

离开了那一篮充满诱惑的山楂。

"小妹妹,你不要走……"

那个女人的声音在身后充满焦虑和不甘地追赶着我。

我捂住背上的书包跑起来了。我的书包里有两张崭新的百元大钞,是上周我过 14 岁生日的时候爸爸妈妈给我的。难道那个女人有透视功能,能看到我书包里的百元大钞?她是不是想用几颗山楂骗走我的百元大钞啊?

没门!

二

一进家门,书包还没来得及放下,我就冲进厨房,朝正低头忙活的妈妈嚷嚷:"妈妈,现在有新鲜山楂了,你明天去帮我买好不好?"

妈妈停下择菜,抬头看看我,再扭头看了看窗外:"嗯,树叶都变红了,山楂是该上市了。妈妈这两天留意着,看到好的就帮你买呀。"

"我刚才就看到一篮特别好的山楂!好像比你买的还要大,还要好呢!我好想吃!都流口水了!"

妈妈笑起来:"那你怎么没买呀?我知道你书包里有钱呢。

怎么，舍不得用啊？小气鬼！"

"哪里！"我不服气了，我可从来都不是小气鬼，"只是觉得那个卖山楂的女人好怪的，我觉得她想骗我！"

妈妈笑得更厉害了："她怎么想骗你了？你还真厉害，连人家想骗你也看得出来！"

"哼，懒得理你！"我不高兴地瞪了妈妈一眼，跑出了厨房，"反正明天你一定要记得给我买山楂！"

我最恨妈妈这个样子了，我都已经初二了，她还老喜欢把我当小孩子一样看待。我本来想把那个奇怪的卖山楂女人的事情讲给她听的，可现在，我不高兴讲了。

不过，我给小苔发了一条短信："刚看到有人卖很好的山楂呢，不过她貌似想骗我！"

小苔立马就给我回了一条："你没上当吧？我也想吃山楂哦！"

作为从小学到中学的同窗死党，小苔早就被我感染成了山楂爱好者。不过她自己几乎没买过，每次都是我带给她吃的。为此，小苔每次都很感动，说我妈妈真好，居然每年都不会忘记我的这个上不了台面的嗜好，而且每次都能挑选到这么好的。换了她妈，才懒得搭理呢。

"我有这么蠢吗？明天放学跟我一起到家里来吃吧，

我妈妈答应明天买的。"我回答小苔的话。

明天星期五，放学的时间比平常早了一节课，我们每次都在星期五相互串门或者逛小镇子的。

三

这一次，我和小苔一起停住了脚步——

相信吗？那个女人，就是昨天那个坐在路边的野菊花丛里、想要骗我买山楂的全身臃肿的女人，今天竟然又坐在老地方！而且，她的前面，还是摆着那一大篮个头饱满、鲜艳欲滴的红山楂！

一看到我，她的眼睛就倏地亮了起来。

我的心里突然掠过一阵惊惧。我说不清楚这是为什么，只觉得似乎有一个重大的阴谋隐藏在这个臃肿的女人和那些红山楂之间。

"小妹妹，要买山楂吗？很便宜的！你们随便给点钱就行！"

又来了！而且语气比昨天的更加急切。

小苔的眼睛看向我，我知道她在问我，我用眼神肯定地回答了她。

小苔就走近前去，装出一副天真无邪的样子歪着头问她："你的山楂怎么卖呀？真的很便宜吗？"

女人的眼睛里露出急切的光："你们喜欢的话，随便给个一元两元的就行。"

"这一大篮？"小苔这一下真的傻了。

"是啊是啊！这一大篮都可以给你们！我们家的山楂味道特别好，是我们村子里最有名的。要不你们先尝尝？"

女人抓起一大把山楂就要塞到小苔的手里。

我一步跨上前去，在小苔傻乎乎地想要伸手去接山楂的关键时刻一下子拉住了她。

"小妹妹……"女人的眼睛望向我，她的眼神里，竟然有一种……乞求的味道。

那种惊惧的感觉再一次强烈地冲击我的心房，我慌慌张张地拉了小苔，转身就走。

走到家门口，只见大门开着，妈妈却不在屋子里。我知道她一定在菜园里。妈妈是半个家庭主妇加半个菜农，她不上班的。据妈妈说，她以前本来有工作的，因为我小时候特别爱生病，身体特别弱，她就把工作辞了，专门照顾我。

我冲着屋后菜园子的方向大声喊："妈妈，我回来啦！山楂买了没有呢？"

一会儿，妈妈的身影从旁边一排橘子树的身后闪出来了。她顺手从橘子树上揪了几个橘子下来，一边走过来一边说："别着急，别着急,我这就到镇上去买,刚才一直忙着下萝卜种子呢,再不下,就太迟了。"

我嘴巴噘了起来。妈妈今天太不给力了!我还特意带了小苔一起过来吃的呢。

小苔说:"阿姨,你不用跑到镇上去买,刚才我们在小河边就看到有卖山楂的,是个女的,她好奇怪哦,说一块两块就可以卖给我们一大篮山楂耶。"

"一个女的?要卖给你们一大篮山楂?"妈妈注意地看看小苔,更加注意地看看我,她的眼神一下子警觉起来了。

"她昨天就坐在小河边,要卖给我山楂,我没理她。"我撇撇嘴。妈妈怎么现在才警觉起来?我昨天就跟她说起过的嘛。

"昨天也是同一个人?"妈妈更加警觉了。

我点点头。

妈妈不再说什么,将几颗橘子朝我和小苔手上一塞,突然转身朝小河边跑过去了。

小苔莫名其妙地看着我:"你妈妈要去找那个女的算账?"

我也莫名其妙地看着小苔:"她算什么账?我们又没上她的当呀!"

"那么她就是去给我们买山楂了。"小苔笑起来。

我有点骄傲地点点头。妈妈看到我带了自己的闺蜜回来吃山楂，肯定得立马去买的呐！

四

妈妈空着手回来了。她的脸通红通红的，胸腔里好像还在呼哧呼哧吐着气。

我好奇怪地望着她："妈妈你怎么啦？跟人吵架了吗？山楂买到了没有呢？"

"没有！以后不许再吃山楂！也不许再提山楂！"妈妈突然没头没脑地冲我吼了起来。

"妈……"

我惊吓地望着她，眼泪水一下子涌出来了。长到这么大，妈妈从来没对我这么凶地吼叫过！而且，小苔还站在身边啊！

"我再说一遍，以后不许再吃山楂！也不许再提山楂！改不掉的孽根啊！讨厌的山楂，讨厌死了！"妈妈更凶地对着我吼，一甩手进了屋子。

我忘掉了流眼泪，只是张大嘴巴站在那里，望着妈妈的背影消失在房间里。

小苔也张大嘴巴站在那里。她一定也被吓傻了。她从来没见过我妈妈生气的样子。

"你妈妈一定是跟那个卖山楂的女人吵架了。"过了好一会儿,小苔才想起这么一个理由。

我点点头:"小苔你先回去吧,对不起啊!没请你吃成……"我活生生地把"山楂"两个字吞回去,忍住马上就要降临的又一阵呜咽,很没有礼貌地离开小苔,奔进自己的房间,啪一声关上了房门。

……

厨房里传来妈妈炒菜的香味,门口传出爸爸回来的声音。然后,爸爸冲着我的房门叫起来了:"妹妹,出来吃饭了哦!"

我爸爸妈妈很奇怪,我上面既没有哥哥,也没有姐姐,他们却一直叫我"妹妹"。妈妈说,是因为小时候一直这么叫,习惯了。而且,"妹妹"这个名字多好呀,一听就是一个受人宠爱的小姑娘。

哼,什么受人宠爱的小姑娘啊,明明就是受人欺负啊!我气咻咻地对着门哼了一声。不理他们!

爸爸走过来敲门了:"妹妹,吃饭了呢!你是不是睡着了呀?"

还是不理。

接着,好像是妈妈走过来了。她也敲了敲房间门,

但没有说话。

再接着,门口没有声音了,一点儿声音也没有了。只有煎鱼的香味和肉骨头炖汤的香味一阵一阵飘过来。

什么啊,这两人就这么不管我了?就自己管自己吃起来了?不是吧?

我忍不住了,很轻很轻地打开门,露出一条小缝,探头一看,我吓了一跳。饭桌上,菜盘子和碗筷都摆得整整齐齐的,可是爸爸妈妈却不见了!

我猛一下拉开房门,冲到大门口。外面只是一片昏暗的暮色,连个过路的人影都没有。

"爸爸妈妈!"我惊吓地大叫起来。

"妹妹,我们在这里!"我的身后传来开门的声音,传来爸爸妈妈一起说话的声音。

我猛然转身,爸爸妈妈并肩从他们的房间里走了出来。

"你们搞什么啊!"我使劲忍住眼泪,冲他们大叫。我刚才真的吓坏了!

爸爸走过来,一把抱住我的肩膀:"我们只是在房间里说了一会儿话。好啦好啦,现在来吃饭了。"

妈妈没说什么,只是低头给我盛汤。

我突然发现,妈妈的眼睛红红的。

妈妈哭过了啊？就是因为山楂的事情？

我突然觉得有点对不住妈妈。妈妈一定特别不喜欢山楂吧？无论买回来多大多红的山楂，我从来没见她吃过一颗。可是因为我要吃，妈妈每次都勉强自己给我买。其实，我现在已经长大了，喜欢吃的话，为什么不可以自己去买呢？为什么要因为这点小事跟她闹别扭呢？

我接过妈妈递给我的汤碗，很乖地对妈妈说："妈，我以后不要你买山楂了啦，你不要生气了。"

我一点也没料到，我的话让妈妈一下子又哭起来了！她将刚刚拿起的筷子放下，自己一个人又跑回到她的房间里去了！

我惶恐地看着爸爸。妈妈这是怎么了啊？她从来没有这个样子的！

爸爸朝我做了一个安抚的手势："没事，我们先吃吧！"

我默默地低头，喝了一口汤，我突然觉得，碗里闻起来跟以前一样香喷喷的肉骨头汤，味道跟以前有点不一样了。

五

"你怎么了啊？还在跟你妈妈生气呀？"

周一的早上，一进教室，小苔就奇怪地看着我的脸。

我摇摇头。我不想说话。

或者说，我不知道该怎么样对小苔说。

这个周末，家里的气氛是多么奇怪啊。爸爸妈妈好像一直在背着我密谋什么。我一走近，他们就立刻停止话头，用一种说不出含义的眼光看着我。或者不看我，而是慌慌张张地转身假装去忙别的事情。有一次，我听到爸爸很焦急地对妈妈说："你要快点拿定主意，再拖下去要来不及了！"妈妈则硬邦邦地回答爸爸："我不管！我不愿意！"

什么事情来不及了？妈妈不愿意什么？

我的心里充满了迷惑和惶恐，我很想问问妈妈，或者问问爸爸。可是，我突然发现，自己再也无法像以前一样，什么话想都不要想就可以冲口而出。

在我和最最亲爱的爸爸妈妈之间，横隔了一点看不见的什么东西。突然发现了这一点，我的心里充满了忧伤和惧怕。我以前从来、从来、从来没有过这样的感觉啊！

我朝小苔无力地笑。我无法说话。

我的表情一定吓住小苔了，她小心翼翼地问我："到底发生了什么事情？"

我勉强自己笑了一下："没有什么啦，赶紧背单词哦，第一节就是英语课，要默写的啊。"

我走向自己的座位，任小苔怔住在教室门口。

对不起啊，小苔，我不是故意的。我只是……唉，就算我是莫名其妙吧！因为一切本来就是莫名其妙啊！

又到了星期五。

这短短的几天时间里，我和爸爸妈妈之间横隔着的那种东西不由分说、无法控制地迅速膨胀。如果它有形体，一定是一个马上就要爆炸的大气球吧！

放学后，我和小苔没有去逛街，也没有相互邀请到对方的家里去。我们沉默地在小河边分手。我想，小苔马上就要厌倦我了，我变成了一个心事重重、却什么话也不肯对她说的陌生人。

对不起啊，小苔，除了越来越鲜明的感觉，我什么也不知道，什么也无法诉说。

小河边的风景一如既往地美丽，甚至比以前更美丽了。银杏树的叶子更黄了，乌桕树的叶子更红了，野菊花的笑脸咧得更大了，它们挤挤挨挨地给小河镶嵌出了一条璀璨的花边。

只有小河的流水没有变，它一路轻轻地唱着歌。

有眼泪水莫名其妙地流出来。我也不去擦，反正小路上一个人也没有。

我就这样听着小河的水流声，一个人慢慢朝家走去。

一抬头，突然看见爸爸妈妈一起站在家门口的一棵橘子树下。他们的眼睛都灼灼地看着我。

我知道，气球终于要爆炸了。

六

这是我第一次进到医院的病房。陌生的白色，陌生的气味。

所有围在病床边的人都默默给我让道。

他们应当都是我的亲戚吧，在熙来攘往的小镇子上，我一定与他们多次擦肩而过吧。只是，我一个也不认识。

她就躺在那里，闭着眼睛，一动不动。

是的，她就是上个星期坐在河边想要卖山楂给我的那个女人。

爸爸妈妈告诉我说，她其实是我的亲妈。我是她生的第三个女儿，他们家不想要这么多女孩，我刚一生下来，他们就把我送给了镇子上的爸爸妈妈。我甚至连名字都没有，他们就叫我"妹妹"。

本来说好，以后我跟他们没有任何关系的。关于我被送这件事情，两家人都要完全彻底地忘记。可是有一年，妈妈到街上替我买山楂,正好买到那个女人手上。他们家一直是种山楂的。从此,每年给我留最大最好的山楂,就成了那家人唯一要求为我做的事情。当然,每次妈妈都会给钱。她坚持这样做。她不想欠他们的。

然后就是,那个女人患了恶疾,她觉得这是上天对她送掉亲生女儿的惩罚。在知道自己即将离世之际,她非常想见我一面,亲手送一次免费的山楂给我吃。

于是,就有了小河边的那两次相遇。

然后,自然就是我妈妈跑过去跟她吵架。妈妈指责她违背诺言,而她则流着眼泪恳求,希望在离开人世之前能得到我的亲口原谅。

这么多的事情,都是爸爸妈妈站在家门口的那棵橘子树下,一口气告诉我的,我们甚至都来不及进屋。他们满脸紧张地说,现在我们就得到医院去,马上就要来不及了!

就这样,我什么都来不及反应,就被爸爸妈妈带到了医院,带到了她的眼前。

在旁边亲人的呼唤下,她慢慢地睁开了眼睛。

她比一星期以前胖得更厉害了,不对,我现在知道这是浮肿。她看到了我,眼睛里露出了一丝微笑的亮光。

妈妈使劲在我后腰上戳了一下,我就咧开嘴,朝她笑了一下。

旁边一个人在说:"孩子原谅你了,放心吧。"

女人轻轻地吐出一口气,重新闭上了眼睛。

在众人沉默的眼光里,爸爸妈妈带我迅速地离开。

一切就像做了一场离奇古怪的梦。

七

秋风真的像一把大扫帚,一夜之间,就把树上红的黄的所有的叶子都一扫而空了。只有野菊花不怕秋风,它们一如既往地沿着小河一路灿烂着。

我一个人坐在小河边的一丛野菊花身边,一边晒着从毫无遮拦的树丫间照下来的大大的太阳,一边听小河轻轻地唱着歌。

我在等小苔。

"在小河边见面?"电话里,小苔无比惊讶。

我知道小苔为什么惊讶,因为这不是我的风格。以前我们只是在一起逛街,躲在房间里聊天或者玩游戏,小河这样充满诗意的地方跟我们毫无关系。

可是小苔不知道,我要跟她说的是一件多么古怪的事情!

这个周末,妈妈好像什么事情也没做,她一直黏在我的身边,对我说,妹妹呀,妹妹呀,你心里千万不要有别的想法啊,一切都跟过去一样,你本来就是我们最亲最亲的女儿。妹妹你知道吗?

妈妈说这些话的时候，一把眼泪一把鼻涕的，把自己弄得像一摊泡软的方便面。她死死地抱着我，好像她一松手，我就会像一个气泡一样，倏地消失不见。

爸爸一直没说话，可是他跟妈妈一样一直在流泪。这是我长这么大第一次见到爸爸流泪。我真的被吓住了。我拼命朝爸爸妈妈点头。我不要爸爸妈妈这么哭，我不要他们这么担心。

这个周末，我们就在这种相互纠缠中过去了。我一直找不出时间来跟小苔说一说这件事情。直到现在。

小苔一路小跑着过来了。

"究竟出了什么事情？这一个星期你好奇怪的。"小苔一屁股坐在我的身边，满脸焦虑地看着我。

我面无表情地把我的故事讲给她听。

小苔瞪着眼睛，张大嘴巴，像见到一个白天出没的鬼一样地看着我。老半天，她才挤出一句话："那……你要怎么办？"

我没好气地说："还能怎么办？跳河啦！"

"啊！"小苔尖叫一声，一把抓住我的手臂，"不要啊！"

我一把甩开她的手："白痴！我真想跳河还等到你过来呀！"

小苔一脸白痴相地看着我。

我气急败坏地说："为什么你们每个人都觉得我一定要怎么样才对？我爸爸妈妈是这样，你也是这样！我一点也不想怎么样不行吗？！我希望一切都像以前一样不行吗？！"

我恶狠狠地揪下手边一大堆野菊花的脑袋，使劲朝河里扔过去。就让它们代替我去跳河好了！

小苔看着我，咧开嘴巴笑起来："妹妹你真坚强！"

小苔的笑容很正常，和以前的一样。我满意地伸出沾满野菊花汁液的手，拍了拍她的脸。

我真的希望一切都跟以前一样。

其实，最初的震惊过去之后，在心里一个小小的角落里，我发现自己竟然没心没肺地还有一点点高兴呢——因为，那个横亘在我和爸爸妈妈之间的大气球终于安全爆炸了，我们三个人都没有受伤。

而且，我们还让另外一个人安心走了。

这样不是很好吗？

爸爸妈妈以为我会怎么样呢？他们真是两个大傻瓜！

"妹妹，妹妹，你在哪里？"突然，家的方向传来了爸爸妈妈焦虑的呼唤。

抬头一看，他们两个人沿着小河的方向跑过来了。

我无奈地看着他们跌跌撞撞、东倒西歪的身影。这两个大傻瓜，他们是不是真的以为我去跳河啦。

刚才，他们一起歪在沙发上睡着了——这一个星期，他们一定都没怎么睡觉。我轻轻地给他们一人盖上一条毛巾毯，然后赶紧打电话约了小苔见面。

我有点尴尬地看着小苔，小苔瞪了我一眼，站起来，冲我爸爸妈妈挥手："叔叔阿姨，我们在这里！"

爸爸妈妈冲过来，一把将我死死地抱在怀里。

我依偎着这两个抱了我十四年、此后还会一直抱下去的暖烘烘的怀抱，幸福又无奈地叹了一口气。透过爸爸的胳膊窝，我朝坏笑着的小苔做了一个鬼脸。

八

其实，我心里知道，一切还是不一样的。

我知道，逆着小河的方向往上游走，经过小苔的家，经过一片茶树林，再经过一片橘子树林，再经过一片很大很大的山楂树林，就来到了一个小村子。这个小村子里住着一家人，我可以跟他们有关系，也可以跟他们像以前一样毫无关系。

我知道，在这个小村子的背后，有一座小山。在小山的半山腰，有一座小小的坟茔。我知道，我可以去看她，也可以不去看她。

我知道，村子前面那片很大很大的山楂树林，就是他们家的。如果我愿意，我每年还是可以得到一大篮最大最好的新鲜山楂。妈妈可以付钱，也可以不付钱。

爸爸妈妈说，这一切都由我自己决定，我也不用现在决定，我长大了再决定也没关系。反正我只需要记住一点就可以了：他们永远是最爱我的爸爸妈妈。这一点，一生一世都不会改变。

这一点，我当然知道。

还有一点不会改变的是：家门前的那一条小河，会一直轻轻地唱着歌，一直陪着我往前走。

叶子上的秘密

一

我是因为跟踪野荠菜的踪迹，才转到这幢老房子的后面来的。

这是一幢不知道建于哪个年代的老房子，灰色的墙砖，灰色的平顶，灰扑扑的玻璃窗。除了每周到这里来上一次美术课和一次音乐课，别的时间我们从来想不到要到这里来，更想不到要转到它紧靠着校园围墙的后面去看一看。

我有一个奇怪的癖好，每当春天来临的时候，我总是喜欢睁大了眼睛，在城市的边边角角寻找那些香喷喷的野荠菜。

所以，当我远远地发现，这幢老房子转角的地方竟然长满了一片绿油油的疑似野荠菜的植物的时候，我一下子停住了脚步。

我磨磨蹭蹭地挨到最后，等我的新同窗们在我的眼前消失以后，我一下子扑了过去。

没错！它们真的是野荠菜呀！是那种质量最好的野荠菜！它们有着城市里的野荠菜难得一见的嫩绿细长的叶片，高大壮实的身子。城市里的土地因为贫瘠，野荠菜一般都长不高，也长不壮，并且总是很快就开出小白花，很快就衰老。真没想到，在这样一个地方，竟然挤挤挨挨地长着这样一大片风华正茂的野荠菜呢！

我忍住心里强烈的欣喜，低着头，一路跟着野荠菜密密的脚印，转过墙角。

好奇怪呀，一转过墙角，野荠菜就失去了踪影，消失得一棵都不见了。这里生长着的，是一些不知名的杂乱的野草。

不过，我也并没有很失望。小时候，外婆就告诉过我："野荠菜就是这样的。它们喜欢一群一群待着。就像人一样，喜欢有朋友呢。"

我从地上抬起头，这才发现，自己站在一条很窄很窄的空地里。空地的一边，是校园的围墙，另一边，是老房子从来不示人的背面。

我一下子睁大了眼睛。

老房子的背面，原来是这样的啊！那灰色的砖墙上面，除了窗口的位置，每一处空隙都爬满了一种枝叶繁茂的植物，一直爬到灰色的平屋顶看不见的地方。

好多好多的叶子啊！它们一片挨一片，挡住了整个灰色的墙面，使前面看起来陈旧破败的老楼，显得幽深又神秘，好像掩盖着无数古旧的秘密。

一阵风吹过，所有的叶片陡然间哗啦哗啦翻动起来。

突然，我隐约地看到，离我头顶大约一个手臂的地方，叶子的颜色有些怪异。它们翻动起来的时候，不像别的叶片那样闪耀着太阳照射的白光，而是——天哪，它们的上面是什么东西？

我使劲踮起脚尖，伸长手臂，攀住了一片叶片，将它的正面翻转了过来。

它的上面，竟然密密麻麻一大片——全是黑色钢笔写的字！

"啊！"因为惊讶和恐惧，我忍不住大叫了一声。

"嘀零零……"好像是为了配合我的大叫，从新教学楼的方向传来了响亮的上课铃声。

"啊！"我再次大叫一声——我都忘掉下面还有一节课了！是圆圆的英语课！

我揪下这一片叶子，拔腿就跑。

二

"你怎么课间也会迟到?"圆圆好看的鼻子皱起来。

"对……对不起!"我垂着头站在教室门口。我的左手,紧张地握着拳头,靠在我的腿侧。

"对不起!对不起!对不起能解决一切问题吗?请你解释一下为什么课间也要迟到?"圆圆好听的声音突然变得尖尖的,这表示她已经非常生气了!

"对……对不起……"我的头更深地埋下去,眼泪水都差一点要流出来了。

圆圆是一个非常漂亮的女人,她不生气的时候,笑靥浅浅,声音轻柔,我们班每一个人都喜欢她的。所以大家从来不叫她方老师——圆圆姓方,叫方圆圆,大家都喜欢叫她圆圆。我也喜欢她,我很害怕惹她生气。

可是,自从我开学的时候因为原来的学校拆迁被就近安排进这所学校、进了圆圆的班级以后,我好像一直在惹她生气。

比如,我基本上每天早上都要迟到,有时虽然只是迟到一两分钟,但也算是迟到。我迟到,主要是因为妈妈的缘故。虽然说是就近安排,但我们家离学校还是比较远,如果坐公交,得换两次车,加起来要6块车钱。妈妈说:"上一趟学六块钱!放一趟学回家还要六块钱！抢钱呀！我要卖掉多少斤青菜才能赚回这12块钱！"所以妈妈不许我自己坐公交上学，她要我坐她的自行车上学。问题是，妈妈每天早上必须要到蔬菜批发市场去进好菜以后才能送我，虽然她差不多三更半夜就起床了，但时间还是不够用，我还是经常迟到。我没法埋怨妈妈，所以就只能惹圆圆生气了。

再比如，我的成绩本来就不太好，转到了这所每个人的成绩都很厉害的学校以后，我觉得自己的成绩更不好了，特别是英语成绩。老实说，圆圆读起英语来可真是太好听了！就像外婆家门口的那条小溪，丁零当啷的，悦耳极了。可是，不读课文的时候她也讲英语，我就整个蒙掉了。我的听力是很差劲的，发音也非常不标准。每当她叽里呱啦一大通，然后点着我要我回答问题，然后看到我张着嘴站在那里的傻样，她就会变得非常生气。

早上迟到有道理可说，可是课间确实是不应该迟到的，我以前课间也从来不迟到。我真希望自己能给圆圆一个好好的解释，好让她不要这么生气。可是，我真的没法解释。追寻野荠菜已经令人无法理解，而发现上面写满了字的叶子就更荒唐了——我自己还根本没闹明白是怎么回事呢。

现在，这片写满了字的神秘的叶子就在我的左手拳头里紧紧地握着。

我就只有再次愚蠢地说声"对不起"，并且更深地将我的头

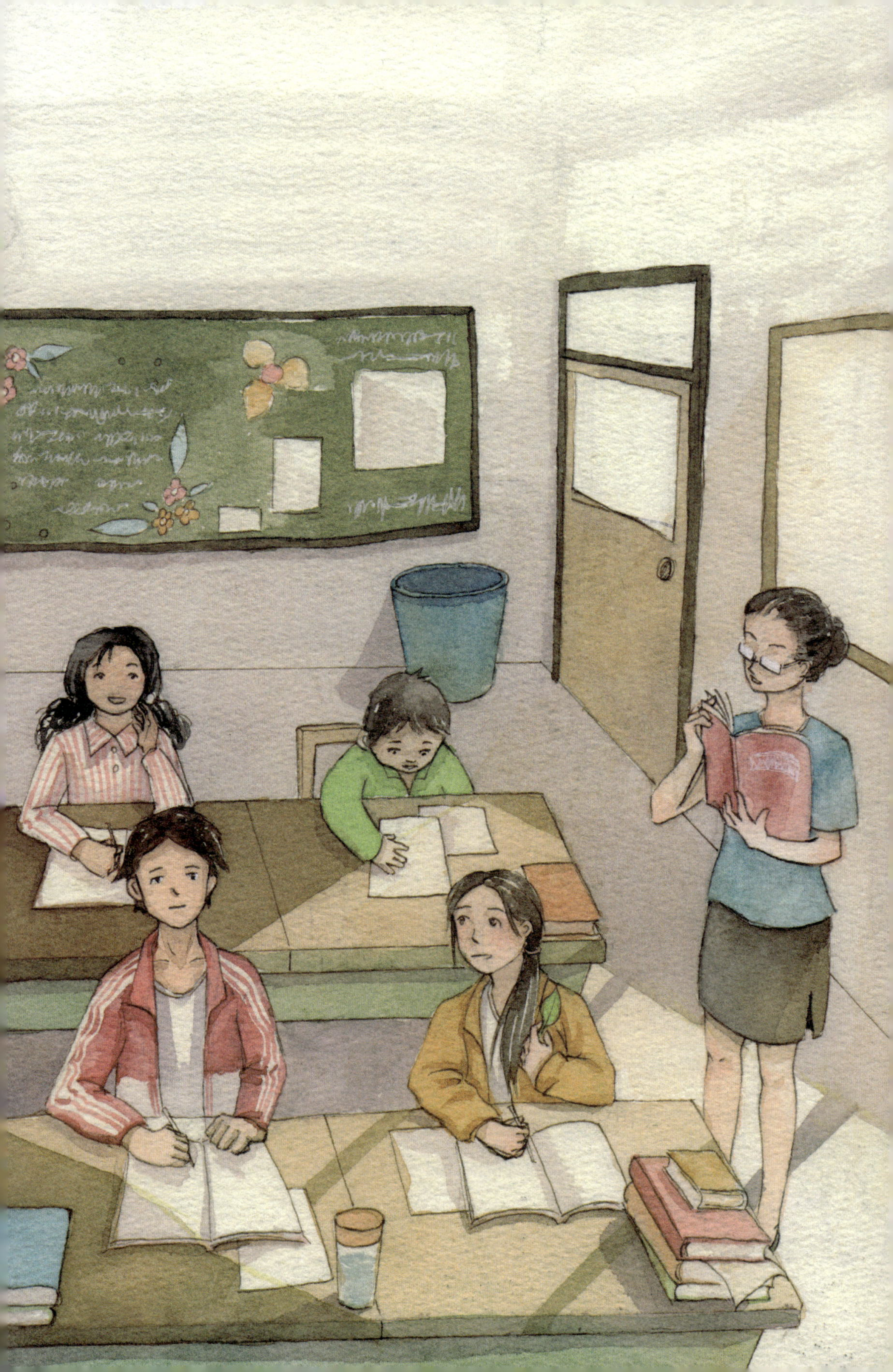

低下去。额前的一排刘海跟着垂下来，像举手投降的一群可怜的小兵。

我听见教室里传来嘻嘻的笑声。

"你——"圆圆重重地喘出一口气，听得出来她是在使劲控制自己，"先回座位，放学的时候写张检讨交给我，要写清楚迟到的原因！"

我以自己可能有的最快的速度蹿回自己的座位。

三

趁着圆圆返身在黑板上板书的时间，我实在忍不住，小心翼翼地将一直紧紧握着的左手搁到桌子上，在数学课本的掩护下，张开了已经微微潮湿的左手掌。

那片叶子已经被捏成了有数道折痕的伤残儿，但上面的字迹依然很清晰。

我仔细一看，叶子上密密麻麻写满的，竟然只是相同的三个字：陆向宇！它们随着叶子的形状整齐地一行一行地排列，从叶尖一直排到叶尾。

啊？不是吧？陆向宇？他就坐在我旁边耶！他是我的同桌！

这是什么意思？在叶子上写满一个男生的名字？而且这个男

生就坐在我旁边?

我太惊讶了,以至于忘记了要掩护。我就那样摊开着手掌,直愣愣地盯着它。我甚至还动作很大地伸出右手,去将叶子翻过来,看它的反面。反面倒是干干净净的,一个字也没有。

我心里一下子激动起来。我看一眼旁边坐着的陆向宇,再看一眼写满他名字的树叶,再看一眼陆向宇,再看一眼写满他名字的树叶。我好想告诉他这么一件神秘的事情啊,他的名字竟然被不知什么人写在了树叶上耶!这可真是太稀奇了!

可是陆向宇一直目不斜视地盯着黑板。他是一个好学生,他的英语成绩特别好,他读起英语来就像放自来水一样,哗啦哗啦的,跟圆圆有得一拼。圆圆特别喜欢他的。

我本来不太跟他说话的,转学过来的一个多月里,我顶多跟他说过不到十句话。在课堂上,就更不可能跟他说话了。可是现在,我实在是太激动了,我多么希望现在就让他知道这么一件稀奇古怪的事情呀!

我正要伸手去碰他的手臂,却只见眼前黑影一闪,一条自天而降的手臂长长地伸过来,一下子抢走了我手掌上摊着的树叶。

我惊吓地抬起头来,看到了圆圆难以置信地盯着树叶的一双眼睛。

"这片叶子好奇怪,它上面有字。"我弱智一样朝圆圆微笑。

"是啊,我看到了。上面写满了'陆向宇'三个字。我倒没想到,你在树叶上写字还挺漂亮的啊!"

圆圆这次说的是汉语。我每个字都听懂了。可是她错啦!大错特错!

"不是我写的啊。"我赶紧告诉圆圆。我当然也用汉语,我的普通话还是相当标准的。

可是圆圆好像没有听懂我的标准的普通话。"不是你写的,难道还是我写的么?"圆圆还是用汉语回答。可是她回答时没看我,而是笑盈盈地对着全班同学说。

在全班同学的哄笑声中,圆圆带着叶子回到了讲台上。

我突然明白过来了。我感觉自己掉进了一个巨大的冰窟窿里。

四

我即使是一个最高级别的巫婆,也无法预料事情竟然会演变成这个样子。

没有人相信我的解释,没有人相信那片写满了男生陆向宇的名字的叶子是我从老教学楼的后墙上采摘下来的。圆圆对此的评价是:你以为你在写安徒生童话哪!

就这样,莫名其妙地、蛮不讲理地、无法可想地,我变成了这片叶子无可推脱的主人。

更确切地说，我变成了叶子上那些文字的无可推脱的主人。

这句话翻译过来，就是这样的意思——我王泥泥是一个大花痴，我在暗恋陆向宇。偏偏他还正好是我的同桌，还正好成绩好，又长得帅，是所有暗恋故事里不可缺少的主角。

我这才知道，原来这世上还真有冤死的窦娥。

我在周围同学一片讥笑的目光中，再一次深深地垂下我的脑袋。我额前的那一排刘海，再一次像衰兵一样，落花流水地垂挂在那里。

我不知道陆向宇是什么表情。他拿背脊对着我。我猜他一定很生气。

英语课以后就该放学了。我被圆圆勒令不许回家，一定要将课间迟到外加为什么要在树叶上写满一个品学兼优的男生的名字的事情写清楚。

我不再争辩了，因为实在无法可想，同时我急于完成任务，好早点脱身。我就这样写道：

　　上完美术课后，我突发奇想，转到老教学楼的后面去，想看看后面是什么样的。我看到了满墙的叶子。我就摘了一片下来，带回到教室里。然后我就想在上面写字会是什么样。然后我就在上面顺手写上了我的同桌陆向宇的名字。

我错了，我不该课间到处乱跑，结果迟到。我还不该在课堂上不听讲，开小差，还乱写同学的名字。

我以后保证不再犯类似的错误。请老师原谅我！

检讨人：王泥泥

谢天谢地，将检讨交给圆圆的时候，她的手机响起来了。她一边接听手机，一边将好看的眉毛皱起来，然后，她朝我很不耐烦地挥了挥手。

我立刻飞快地跑走了。

我当然不是跑向学校大门口，而是朝老教学楼的方向猛跑过去。

我摘下那一片叶子的时候，看到它周围的一大片叶子上都写满了字的。我要赶快找到它们。也许，其余的叶子上会有真正的主人不小心遗留的信息。

我喘着粗气，目瞪口呆地站在上一节课间我曾站立的地方——

那个我摘下一片叶子的地方，现在空出了好大一片空隙，露出了斑驳难看的灰墙砖。所有上面有字的叶子，全部都不翼而飞了！

我的脑袋停顿了大约有3分钟，才重新开始恢复运行。

我推断出的第一个结论是：那片叶子的主人，原来是我们班的人！她亲眼看见了英语课上那冤枉我的一幕，一下课，她就朝这里狂奔而来，摘下了所有上面有字的叶子！

第二个结论是：我完了！我无法为自己洗刷罪名，我这辈子都得背着这个花痴的名头了！

五

"怎么到现在才出来？别的同学早都走了！"妈妈远远地一见到我的身影，就开始大声地埋怨，"是不是又被老师留下来挨批评了？今天早上不是没迟到吗？"

今天早上确实是运气，每到一个十字路口都是绿灯，妈妈骑着那辆高大的男式自行车，载着我一路飞奔到了学校。我冲进教室门的时候刚刚响起早课铃声。所以圆圆只是朝我翻了翻她那双漂亮的大眼睛，没有骂我。

可是，这样的一点运气难道就要接下来这么多这么多的倒霉事来抵充吗？！

平日放学拥挤不堪的校门口此时空荡荡的，妈妈高大肥胖的身子在空空荡荡的校门口显得孤单又可怜。只有那辆虽然破旧却依旧高大硬气的男式自行车忠实地靠在她的身边，好像一个英勇的骑士。这是爸爸留下来的唯一的财产。

"怎么啦？怎么眼睛红了？你哭过了？！"妈妈万分惊讶地看着我。

妈妈无法不惊讶，因为我好久好久没有哭过了。从小带我的外婆去世后我大哭了一场，爸爸在工地上被掉下来的大石块砸死后我大哭了一场。然后我就再也没有哭过了。妈妈说，王泥泥，以后不管遇到什么事，我们两个人都不可以哭了。我们家就我们两个人了，再苦再累，再遇到什么麻烦事，我们都要一起想办法对付，我们都不可以哭哦！

我跟妈妈认真地拉了钩的。

可是，今天这样的奇遇实在是太令人气闷了！当看到那些有字的叶子全部不翼而飞以后，我蹲在楼房拐角处那一大片野荠菜跟前，一边一颗一颗拔荠菜，一边对着躲在心里看不见的外婆说话："外婆，你知道吗？我好倒霉啊……"然后，我的眼泪忍不住就流了下来，止也止不住。

我坐在自行车后座上，向妈妈从头到尾讲述了这次"奇遇"。

当说到我为了早点脱身，早点回到老教学楼后面去摘到那些有字的叶子，不惜屈打成招，却发现那些叶子全部不翼而飞的时候，我忍不住又一次抽噎起来。

妈妈很用劲地踩着自行车，她的背脊勾成了一个很大的弧度。

良久，妈妈问我："你说我去找方老师，把事情跟她说清楚，她会相信我吗？"

我摇摇头："说不清楚的。她不会相信你，肯定会连你也一起批评一顿。"

妈妈竟然嘿嘿地笑起来："我觉得也是这样。其实我很怕你们方老师的。"

妈妈的笑声让我忘掉了自己刚刚还在流眼泪，我差一点也笑起来了。我把头靠到妈妈弓起的背上。我不要妈妈也去挨骂。为了我迟到的事情，妈妈已经挨过方老师好几次骂了，妈妈本来比方老师高大半个头，可是妈妈低着头站在方老师面前的时候，显得像个可怜的小学生一样。我宁愿自己这样低着头站在方老师面前，我不要再看见妈妈这个样子了。

"泥泥，你看，这件事情你说不清楚，妈妈也没能耐说清楚，

那我们就把它忍下来吧！你说好不好？受这点委屈也没啥，不就是冤你写了一个男生的名字吗？这个没啥，又不是杀人放火！就像妈妈进菜卖菜，赚那么一点过日子的钱，要受多少气呀，妈妈不也全部忍下来了？泥泥你说好不好？"

我没说话。沉默半响，我在妈妈的背上点了点头。

不是我愿意忍受这口气，而是因为我想起了妈妈经常说的话："哎，妈妈没能耐啊，吃点亏就吃点亏，受点气就受点气吧！只要我们两人在一起高高兴兴、没病没灾的就成啊！"

我一点头，妈妈的背脊一下子就放松了。妈妈挺起腰，双脚飞快地交替着踩下脚踏板，自行车快速掠过马路上停着的一辆辆小汽车，向家的方向飞奔。

哈哈，那些漂亮的小汽车全堵在路上呢，此起彼伏的喇叭声一浪高过一浪。我们的自行车虽然破旧，可是跑起来比它们快多了哦！

坐在后座上，搂着妈妈的腰，看着自己的刘海被风吹着跳舞一样地在额前翻飞，我的心情简直有些快乐起来了。

六

回到家，我从书包里掏出一大把野荠菜，递给了妈妈。

"呀！你在哪里找到长得这么好的野荠菜？"妈妈惊讶地叫起来。

妈妈是知道我的癖好的，知道我一到春天，就喜欢四处张望着找野荠菜。妈妈说："傻孩子，别找了，你喜欢吃荠菜豆腐羹，妈妈每天都给你做。妈妈有荠菜的啊，你想吃多少都成！"

可是，妈妈卖的荠菜，虽然长得又肥又壮的，却一点也不香。我才不喜欢吃呢。我要吃就像外婆以前带我一起在田地里采回来的野荠菜烧成的那种豆腐羹！

只要一闻到那熟悉的带着浓浓的田野味道的野荠菜的香味，我就会想起外婆。

妈妈就不再管我了。如果我找到了野荠菜，哪怕仅仅只有几颗，她也会帮我做成荠菜豆腐羹——味道与外婆做的味道一模一样哦！

这一次，我踩到了这么一大把又嫩又壮的野荠菜，妈妈可以好好地烧一大碗荠菜豆腐羹了！

妈妈做事飞快，我还没做好一道数学题呢，妈妈就已经在叫我吃饭了。

哇，妈妈今天可真大方耶！这一次的荠菜豆腐羹，妈妈在里面放了好多肉丝呢！野荠菜的香味，加上豆腐的清味，再加上瘦肉的甜味，啊，真是太好吃了！

我一边呼噜呼噜喝着浓稠的羹汤，一边开心地朝妈妈笑。

妈妈也笑。妈妈说："怎么样？味道很好吧？外婆做的荠菜豆腐羹，可没有这么多肉吧？泥泥你看，我们的日子越过越好了呢！等以后你长大了，日子会更好的！有时候碰到点事情啊，忍一忍，让一让，就过去了，不要放在心上，知道了吗？"

"知道了！"我嘴里含着一大口荠菜豆腐羹，扬着笑脸回答妈妈。

去你的树叶子，去你的树叶子上的字，去你的帅哥陆向宇，去你的检讨书。在外婆的荠菜豆腐羹前面，你们通通都不值得我挂记！

七

第二天上学，我还是没有迟到耶！因为妈妈又提前了20分钟起床。

妈妈说："你老是迟到，方老师对你生气也是应该的。本来就是我们不对嘛！我们改掉这个毛病，方老师就不会老盯着你了！还有啊，方老师说你从来不参加班上的一刻钟早读，所以英语默写成绩老是最后一名。"

我也知道这个道理啊，可是我不想让本来就睡眠时间严重不足的妈妈再提前起床！

妈妈咧着大嘴笑起来："傻泥，妈妈没事的！上午忙到 9 点多钟，买菜的人差不多就没有了，一直要到快中午了才又有人来买菜。没人的时候，妈妈可以坐在菜摊子上补觉的！"

我第一次神清气爽地走进教室，哈哈，圆圆还不见人影呢。一会儿她看到我，一定会非常惊讶地睁大她那双好看的眼睛吧！

我坐上座位，从书包里拿出英语书。这一点早到的时间，可是妈妈牺牲了宝贵的睡眠时间换来的呀，我一定要每一秒钟都抓紧！

陆向宇来了，他有点惊讶地看看我。我正准备对他笑一下，没想到，他竟然马上转过身去，又一次用背脊对着我。

昨天的事情突然全部浮上心头，我一下子怒火中烧。我举起英语书，朝他那该死的背脊狠狠地敲下去："陆向宇，你听好了，我可以拿我的命发誓，那些叶子上的字不是我写的！我没有暗恋你！你听清楚了没有？不要臭美了！你以为你是谁呀！"

"哎呀！"陆向宇一下子回转了过来，"你干什么呀？我又没说你暗恋我！"

"你还要说！你动不动拿个后背对着我,你以为我是傻子啊？！"

陆向宇赶紧坐正身子："我哪里有拿后背对着你了？"

我们的动静已经引起了班上大半同学的注意。我也不知道哪里来的勇气，是因为第一次这么早就来到教室吗？还是因为陆向宇的态度好得出乎我的意料？我站起身来，面对大家，说："告诉你们，你们爱信不信，那片树叶子真的是我从老教学楼后面的墙上摘下来的，那里本来还有很多写了字的叶子呢！可是昨天放学后我跑过去，那些叶子全部消失了！大家知道这意味着什么吗？"

我拿眼睛环顾着我的这些有些还叫不出名字来的新同窗们。

一定是我的行为太出乎他们的意料了，他们都张大嘴巴，傻乎乎地看着我。有一个特别好奇的女生问我："意味着什么？"

"意味着——"我拖着长音，"那个真正在叶子上写字的人就在我们班上！我不知道她此刻是不是坐在这里……"

"哇！"有人大叫起来。有人兴奋地左右四顾。

突然，窗外晃过圆圆轻盈的身影。

我一个激灵清醒过来，赶紧坐下。我的心好像这个时候才想起来要跳动。它扑通，扑通，跳得那么快，那么响。天哪，我刚才都干了什么，说了什么呢！

圆圆看到我，很意外地怔了一下。我真担心她会听到我那么响亮的心跳声！不过，她肯定什么也没听到。她居然朝我笑了哦，她的嘴角边露出浅浅的笑靥，说："今天不错，到得这么早！赶紧背单词啊。"

我有些慌乱地朝她点点头。

圆圆不生气的时候真好看啊,她的眼角好像都会笑呢!

一个念头突然蹦上我的心头——也许,等一下课间,我可以再去找一下圆圆?就像刚才对同学们那样,也许,我也可以对圆圆重新解释一下?妈妈说不要计较,我不是要计较,这些字到底是谁写的并不重要,圆圆追不追究也并不重要,重要的是我要说清楚这不是我写的。而圆圆最后会不会相信呢,这个好像也并不重要了!

我咬了一下嘴唇,再咬了一下嘴唇,然后对自己说:王泥泥,就这么定了!

我的心跳不再那么响了,也不再那么快了。我听着一下一下变得越来越沉稳的心跳声,开始一心一意背起单词来了。

双声道事件

A 面

1

国庆长假之后的第一个上学日。

初三女生林锦背上沉重的书包，对正在卫生间洗漱的妈妈说一声："我上学啦。"没等妈妈回答，她已经跨出了家门。

几分钟以后，她又回来了。"忘了戴手表。"她对妈妈解释。回到自己的小房间里折腾了一会儿，又出门走了。

"记得吃早餐！"妈妈苏薇追在后面喊。

林锦没回头，只是胡乱挥了一下手，算是回答。

苏薇突然有一种奇怪的感觉。具体是什么，她说不上来。她怔怔地望着女儿的背影，心里咚咚跳了两跳。

"见鬼！"苏薇在心里骂一声，也收拾东西上班去了。她是县幼儿园的老师。

2

上午十点多钟的时候，苏薇办公桌上的电话刺耳地响起来。她触电般伸出手去，抓起话筒。

"林志呀！干什么？吓我一跳。"苏薇长长地松了一口气。大半个上午，她一直有点心神不宁，她莫名其妙地总觉得自己会等到彭老师的电话，彭老师是林锦的班主任。而现在，打电话来的是林志，林锦的爸爸。

可紧接着，苏薇像火烧一样弹跳起来："什么！林锦没去上学？！怎么可能？她背了书包出门去的！"

苏薇撂了话筒，直奔学校。

初三年级教师办公室里，林志和彭老师相对呆坐，两个男人脸色煞白。林志是这所学校高中部的老师，因要上早班，他每天都比林锦早出家门。

苏薇闯进办公室，一句话没说，眼泪已经流下来了。

要是不是林锦，而是别的学生，可能没人会这么紧张。而现在偏偏是林锦，即使高烧39度5也不缺课的林锦，即使拉肚子拉到趴在课桌上也要坚持听课的林锦，从小学一年级一直到初三都当班长的林锦，听话乖巧品行出众从不需要任何人为她操心的林锦。

"一定出了什么事情！"苏薇的眼泪瀑布一样往下淌。她想起了早上出门时女儿对自己胡乱挥舞的那个手势，以及自己突如其来的心慌，她现在明白了，那是一种心电感应。

没有人接她的话，因为林志和彭老师也正是这样想的。

是的，一定出了什么事情！

可是能出什么事情呢？车祸？抢劫？拐骗？从林锦家里到学校，只有短短不到十分钟的路程，而且是县城里一条繁华的小街道，两边全是卖早点和卖杂货的小店。

苏薇红肿着眼睛，从家门口开始，沿着林锦每天上学的街道往前走，一边走，一边问每一家小店的店主："今天早上有没有看到一个背着黄书包、穿着牛仔背带裙的女孩子从这儿过？"

她手上拿着林锦的两张照片，一张大头照，一张全身照。每问一个人，她就给人家看照片。

有的店主抱歉地摇头，有的则说："看到了啊，这个女孩子每天都从我们门口经过的。"

在一家专卖煮粉条的早餐店，女店主热情地告诉苏薇："那个女孩最喜欢吃我们家的煮粉条，不过今天早上她没吃，她只是

水流轻轻　193

站了一会儿,看看人比较多,就走了。怎么啦?她出什么事了吗?"

苏薇只是谢谢她,没有回答她的提问。

在离学校大门最近的一家杂货店,苏薇得到了重要信息:"那个女孩子啊,坐摩托车走啦!我还奇怪呢,她怎么今天不去上学的?"

苏薇觉得自己的头发都竖起来了:"坐摩托车?谁的摩托车?"

店主摇摇头:"不认识。一个男的。戴一副大墨镜。"

苏薇不知道自己是怎么样回到家里的。摩托车和大墨镜混合的画面令她无法理解,无法分析,更无法做出任何判断。

林锦的外婆已经坐在客厅里,她一把眼泪一把鼻涕地问苏薇:"你和林志是不是得罪过什么人啊?他们拿孩子报复啊!"

苏薇流着泪摇头。她和林志只是两个无权无势的小老师,即使想得罪人也没有机会。她打电话给正在学校周围骑摩托车胡乱兜圈子的林志和彭老师,他们立刻赶回来了。

"离家出走?"彭老师小心翼翼地提出了这么一个爆炸性的词汇。

"怎么可能?没有任何理由。"林志喃喃地说。

是啊,家里父母爱着,学校老师宠着,考试永远是前三名,林锦确实是没有任何离家出走的理由。

这时苏薇已经仔细检查了林锦的小房间。没有少任何东西，也没有留下任何纸条。她只是背走了自己的书包，以及当天需要的所有课本。她明摆着只是去上学。

"一定是着了人家的迷魂药，被人迷走了！"外婆更大声地哭起来。

没有人嘲笑外婆的想法。苏薇握住外婆的手，问林志："现在是不是真的有迷魂药？"

林志茫然地摇头，不知道是说没有，还是说他不知道。

彭老师说："大家都别太着急，即使真的有迷魂药，林锦这么大的孩子，也不可能被迷倒。也许过一会儿，林锦就会回家来吃午饭了。"

时钟敲响了 12 点，这是学校放上午学的时间。以往的每天，林锦都会在一刻钟左右后回到家里吃午饭。

彭老师回学校了。苏薇一家人呆坐在沙发上，等着门铃在一种焦灼的空气中骤然响起。

3

门铃一直没有响起。

林志在下午一点半的时候报了警。

苏薇和林志单位的同事除了走不开的，别的人全体出动。他们骑着摩托车和自行车，在县城通往外面的所有道路上追寻。

林锦班上的同学也全体出动，他们三四个人一组，分散到县城的书店、网吧、电影院等各个场所寻找。

外婆打电话到乡下，托人请乡下的一位很有名气的老先生算一算这件事。半小时以后，电话打回来了，说女孩子应当在北面临水的地方。如果傍晚前能找到，就万事大吉，如果找不到，就不用再找了。

一直守在电话旁的苏薇又一次痛哭起来。以前她从来不相信算命的事，可现在，她已经没有了任何主张和判断的能力。

这时已是下午三点多钟。窗外的太阳已经开始向西天边滑去。

苏薇再也坐不住，她抓起女儿的一件外套，冲出了家门。

县城的北面是一条清澈的大河。河水浩浩荡荡，一直流向不知名的远方。临县城的一边，有着一大片沙滩和鹅卵石，河水只浅及脚背。越往对岸，河水越深，水的颜色也由纯净的浅绿渐渐地过渡为不怀好意的暗绿。

苏薇过了浮桥，来到河对岸。河对岸是连绵不断的山，一座接一座，不高，长着郁郁葱葱的松树和小灌木。山与河之间是一条小路，人踩出来的。苏薇沿着这条小路昏头昏脑地往前走，眼睛轮换盯着天上的太阳和泛着波光的河面。

走啊，走啊，一个小时过去了，两个小时过去了。

太阳变成了一个美轮美奂的、没有了任何光泽的圆，它静静地贴在天边上，等待着最后完美的降落。

苏薇的衣衫早已湿透。她停住了酸胀的双脚，流着眼泪盯着天上那个神秘的星球。

太阳的一小半已经被天边黛色的山峰所遮没。

苏薇最后一次用绝望的眼光扫视着河两岸。

她的心脏停止了跳动。她看到了什么！

河对岸远远的前方，有一棵孤独、苍翠的老树。一个人影靠在树身上，面朝河水，一动不动。

苏薇拳头塞进嘴里，阻住了就要破喉而出的一声疯狂的叫喊。那是林锦！一定是林锦！

苏薇调头往回跑，一边跑，一边拨打林志的手机。可林志在电话里说："我刚才一直沿着河边骑的，已经来回找了四趟。不可能的。"

苏薇关了手机，拼命往回跑，她要跑回浮桥处，才能过到河

对岸。

太阳只剩一半挂在西天边。天空开始呈现出一点昏暗。

苏薇停止了奔跑，开始脱外套和鞋子。然后将它们和手机一起放在了山边一棵小灌木丛下。

她跑回浮桥边，最快也要1个多小时，再用同样多的时间跑到河对岸现在的这个位置，林锦一定早就随同太阳一起消失了！

苏薇不能算是会游泳，她只是可以浮起在水面上，她游过的最远距离是5米，而且是在脚可以踩到河底的情况下。苏薇说过，打死她也不敢到水深超过鼻孔的地方去。

现在，她决定游过50米宽、水深超过她身长三个长度的河面去。她鼓励自己的唯一理由是：不要紧，河那边很浅，只要游过了5米，就可以踩到河底了！

苏薇站在河岸边，在心里数着一——二——三，然后一咬牙，跳进了河里。

苏薇忽略了一个最常识性的问题：靠近山崖的水流不仅深，而且非常湍急。她甚至来不及张开手臂，就被激流迅速地冲向下游……

B 面

1

国庆长长的七天假期，林锦一直闭门不出，爸爸妈妈欣慰地看着她趴在桌上的背影，轻手轻脚地走路；或者轻轻地关上门，放心地出去走亲戚或买东西。初三了，林锦没有出去玩的任何理由。她自己这么认为，爸爸妈妈以及别的人更是这么认为。

8日清晨，林锦背上书包走出家门。七天没出门，外面的一切似乎突然全部变样了。林锦不知道是什么东西刺激着她的脑神经，她在门口站了一会儿，又返身回家，对妈妈说忘了戴手表，实际上她是回来拿钱的。她在自己一直小心地保留下来的零用钱里拿了一张50元的，重新踏出了家门。

"记得吃早餐！"妈妈在后面追着喊。林锦不敢回头，只是胡乱朝身后挥了一下手。

拿钱干什么呢？我特意转回去拿钱到底是想要干什么呢？林锦在心里问着自己，觉得脑子里有一个怪念头在拼命拽着她。

对了，吃早餐。

林锦一直喜欢在外面小店里吃早餐，煮粉、炒粉、豆浆油条、稀饭煎包……可以连着两个星期不重复。可这天早上，林锦一路走过去，没有一个小吃店能引起她的胃口。在那家她最喜欢的煮粉店，林锦迟疑地站了一会儿。女店主穿着那件一成不变的格子衬衫，招呼她："自己找位置先坐下来吧。"林锦摇摇头，走开了。前面没有小吃店了，只剩下两个杂货店和一家小超市，再过去就是学校大门了。

在最后的一家杂货店门口，林锦奇迹般地看到了一辆黑色的摩托车，和它的戴着墨镜的车主。车主莫名其妙熟人一样地朝她笑着。林锦脑子里的怪念头突然清楚地浮出水面。

她愿意相信这是天意，这辆摩托车和这个车主是特意在这儿等她的。

"到石头山多少钱？"林锦轻轻地问他。

"8块。"车主说。

果然和革子说的价格一样。林锦不再言语，一跳就上了摩托车的后座。

摩托车载着她呼啸而去。

2

这次国庆节长假，革子一共打来过三次电话，一头，一尾，和中间，各一次。每次的第一句话都是："还是趴在书桌上做大虾？"然后就是讲他和他的那帮哥们到哪里去疯玩的事。"石头山还记得吗？昨天我们又去了！这次我们是坐摩托车去的，只需人民币 8 元哦。那种风驰电掣的感觉，唉！跟你说也是白说！"

每次听到革子的这种描述，林锦的心就要跳上几跳。

她开始对着书本发呆。

升入初三，学校对班级进行了大调整，革子就是这次调整时调进林锦她们班的，并且成了林锦的同桌。对于革子，林锦早就有所耳闻，他是全年级有名的大玩家，班级里所有集体或私人的活动，他都是理所当然的发起人和参与者。奇怪的是，他的成绩虽不能与林锦媲美，却也一直不俗，所以在老师和同学中很有市场。

成为同桌的第一天，革子就笑里藏刀地对林锦说："林姑娘，本人听说你只爱学习不爱玩。与我做同桌，你要有思想准备，我会拉你下水的。"

林锦抿嘴笑笑，这样的男生，倒也少见。

同桌仅仅一个月时间，林锦的耳朵里被革子灌进去了足足有两吨垃圾——如果话语也可以用重量单位来计算的话，当然全是关于玩的。

石头山是他谈得最多的一个话题。这座山是环绕在县城周围诸多山中的普通一座，不普通的是，有人居然在这座山中发现了一个巨大的天然溶洞。对于像革子这样的男生来说，未经开发的溶洞，当然比已经装好了灯光、铺好了台阶的旅游型溶洞更有吸引力。他与班上的一帮男生骑着自行车，已经进行了三次探险活动。他们自备蜡烛和砍刀，勇敢地闯进去，当然每次都是只进到十几米就狂叫着往外逃。

"里面也许有野兽！或者还有鬼！到处都是滴滴答答的怪声音，地上有很多奇形怪状的爬虫。有本事你去试试！"被女生嘲笑的男生很不服气地叫。

"别着急，我们会慢慢地深入其中的！这个溶洞到底通向哪里呢？传说中的龙宫？还是巨大的藏宝洞？"革子半认真半开玩笑地说着这些话，漆黑的眸子闪闪发亮。

林锦端坐一旁，不动声色，嘴角习惯性地含着一丝微笑。没有人能够听见——幻想的翅膀在她心底疯狂扇动的声音。

3

"到了。"摩托车主一个漂亮的转弯，摩托车停在了一坐山脚下。"顺着这条小路往上爬，就可以到达溶洞口了。"

摩托车主取下墨镜，好奇地看着林锦："你一个人到溶洞玩？"

"我……我只是看一看，马上就走的。"

"要我等你吗？"

林锦想一想，摇摇头，一边将车钱给他。

"你如果想回县城，下山往那边走，那边是一个小镇，有车到县城里的。"

谢过车主，林锦开始了自己生平第一次一个人的秋游。

山上的小草带上了一点点黄意，矮矮的小灌木则仍是青葱的。早晨的空气里有薄薄的雾，还有新鲜叶子的味道。走在窄窄的小道上，林锦有一种酥心糖在太阳光里慢慢溶化的感觉。

现在，林锦站在了一个大洞口。

大洞的前面已经被踏出了一块宽阔的平地，上面有显然是被用来当作临时座椅的大石头和砖块，还有种种野餐的痕迹。除了革子等一帮班里的男生，一定还有很多人将这里当作了新的野营基地。

林锦慢慢地走进去。

大概走进去五六米，洞口的光线就完全看不到了。林锦站在了一片漆黑之中。

一直到这时，惊慌和惊讶混合的感觉才第一次进入到她的心里——她林锦居然以这样一种突然的方式莫名其妙地逃课了！而且，居然莫名其妙地一个人站在了这样一个奇怪的地方！

短短一瞬间，林锦被这样的心情完全淹没。她茫然失措地站在黑暗中，听着不知哪里的水滴丁丁当当敲出的寂寞的歌声。

直到不知什么虫子爬上了她的脚背，林锦才惊叫一声，跑出洞来。

站在阳光下，想起男生们说的每次都狂叫着往外逃的情景，林锦给了自己一个笑脸。

但她知道，自己并不快乐。

这样的一种方式，就像是无知小儿的一场胡闹。而现在，居然被自己所采用。

她将如何解释？如何收场？

这里是一个寂静的小镇。只有一条窄窄的街道，街道尽头是一个临时停车场，到县城的班车要下午三点才有。

林锦坐在一家只有一张桌子的小店里，没滋没味地吃着一碗馄饨。现在正是12点钟，学校放学的时间。再过一刻钟，她该按响家里的门铃，而妈妈，一定已经烧好了饭菜，正在等着她。

小馄饨店对面的小杂货店门口，有一部黑色的公用电话。林锦一直盯着它，似乎她的眼神可以代替手指替她按下电话号码。然后将自己心里的话传达给爸妈，或者老师。

馄饨吃完了。林锦在店门口站了一会儿，终于没有走到电话边去，而是掉头走掉了。

余下的时间，林锦在小镇后面的一片竹林里度过。她不知道自己还能做什么，她只是坐在深深的竹林里，昏昏沉沉地趴在膝盖上。

直到3点过10分，她才清醒过来，意识到小镇上的班车已经开走了。

那就走回去吧。反正已经这样了，迟一点早一点也没关系。

小镇上的人给她指点了一条近路，这是一条直通县城、没有岔道的小路，其宽度只够供一个人行走，如果对面有人来，双方都必须侧着身子让路。它时而在山间蜿蜒，时而又延伸到河边。

林锦走走停停，在心里设想着种种托词，以及种种可怕的后果。

然后，她看见了河边一棵孤独的老树。那棵树就那样默默地站在那里，似乎知道一切，又似乎可以包容一切。

林锦奔过去，坐在巨大的树荫下，痛痛快快地哭了一场。哭完了，她抬起头，看见西天边上，太阳的边缘已经开始被黛色的山峰所遮没。

如果这时她回头，朝河对岸看，她会看见一个穿白衬衫的女人。她正站在河边，心里数着一二三，然后扑嗵一声，跳进了山崖边最湍急的水流中。

那是她亲爱的妈妈。

尾　声

　　林志终于还是骑着摩托车再一次来到了河边,并终于找到了坐在大树下发呆的林锦。

　　林志一手抓着林锦,一手拼命拨苏薇的电话。

　　没有人接。

　　再拨。

　　还是没有人接。

　　太阳早已没入了神秘的远山之中。灰色的黄昏里,手机铃声寂寞地在山崖边炸响。这里只有树木和鸟儿,没有人。

　　1小时以后,林志在河的另一边找到了苏薇的衣物和手机。

　　林锦已经陷入半疯狂状态。整整一夜,她一直蜷缩在沙发的一角,怀里抱着电话,嘴里一直说着:"妈妈才不会像我那样傻,她如果看到有一部黑色电话,她一定会打电话回家。"

　　警察早已出动,但整整一夜,一无所获。

又是一个新的早晨来临了。

在沙发上已昏昏睡去的林锦突然被电话铃声惊醒。她以一种快得不可思议的速度拎起话筒——"妈妈！"她大叫一声，号啕大哭。

林志箭一般冲过去，抢过话筒。电话里，苏薇的声音听上去像是来自天堂。

苏薇一定是一个命大之人。当她已完全失去意识，被激流一路冲下去之后，她的身子被垂到水面的一根粗大的老槐树的枝条拦住。一个在山腰上种了菜的勤劳的农妇正拎着粪桶下到河边来提水，苏薇就此捡回来一条命。

林志替林锦请了一个星期的假。

林锦已经断断续续地知道了她逃课的那天家里发生的事，包括报警、寻找以及迷魂药和算命的奇怪传说。但没人知道她这边发生的事。爸爸、妈妈、外婆、老师，大家小心翼翼，一直在试探着问她，可是，除了流眼泪，她说不出一个字。

再给我一点时间吧，再给我一点时间，我会有勇气说出来，并请求所有人、特别是妈妈的原谅的。

林锦在心里默默地祈祷。

《暖心美读书》（名师导读美绘版）书目

序号	书名	作者
1	朝花夕拾	鲁迅
2	故乡	鲁迅
3	风筝	鲁迅
4	小橘灯	冰心
5	繁星·春水	冰心
6	荷塘月色	朱自清
7	城南旧事	林海音
8	呼兰河传	萧红
9	端午的鸭蛋	汪曾祺
10	鸟的天堂	巴金
11	落花生	许地山
12	济南的冬天	老舍
13	骆驼祥子	老舍
14	稻草人	叶圣陶
15	边城	沈从文
16	白鹅	丰子恺
17	丁香结	宗璞
18	我的童年	季羡林
19	顶碗少年	赵丽宏
20	心中的桃花源	梁衡
21	春酒·桂花雨	琦君
22	生命的化妆	林清玄
23	心是一只美丽的小箱子	毕淑敏
24	母亲的羽衣	张晓风
25	乡愁	余光中
26	珍珠鸟	冯骥才
27	你若盛开，蝴蝶自来	丁立梅
28	热爱生命	汪国真
29	微纪元	刘慈欣
30	假如给我三天光明	（美）海伦·凯勒 著 张雪峰 译
31	巨人的花园	（英）奥斯卡·王尔德 著 竞择 译
32	飞鸟集	（印）泰戈尔 著 郑振铎 冰心 译
33	名人传	（法）罗曼·罗兰 著 陈筱卿 译
34	培根随笔	（英）培根 著　周英 等 译
35	福尔摩斯探案集	（英）柯南·道尔 著 陈建华 译
36	去年的树	（日）新美南吉 著　朝颜 译
37	大林和小林	张天翼
38	宝葫芦的秘密	张天翼

39	我们的母亲叫中国	苏叔阳
40	霹雳贝贝	张之路
41	第七条猎狗	沈石溪
42	蟋蟀	任大霖
43	"下次开船"港	严文井
44	小兵张嘎	徐光耀
45	小英雄雨来	管桦
46	神笔马良	洪汛涛
47	妹妹的红雨鞋	林焕彰
48	班长下台	桂文亚
49	外婆叫我毛毛	梅子涵
50	鱼灯	高洪波
51	我要做好孩子	黄蓓佳
52	今天我是升旗手	黄蓓佳
53	小水的除夕	祁智
54	纸人	殷健灵
55	开开的门	金波
56	一百个中国孩子的梦	董宏猷
57	十四岁的森林	董宏猷
58	少年的荣耀	李东华
59	校园三剑客	杨鹏
60	魔法学校·三眼猫	葛竞
61	魔法学校·小女巫	葛竞
62	生命中不能错过什么	周国平
63	面朝大海，春暖花开	海子
64	旷野上的星星	徐鲁
65	九月的冰河	薛涛
66	蘑菇圈	阿来
67	独草莓	肖复兴
68	你是我的妹	彭学军
69	乍放的玫瑰	汪玥含
70	水流轻轻	谢倩霓
71	闪闪的红星	李心田
72	飞向人马座	郑文光
73	童年河	赵丽宏
74	黑豆里的母亲	安武林
75	小灵通漫游未来	叶永烈
76	苔花如米小，也学牡丹开	桂文亚

联系电话：027-87679354　87679949